Otto Erich Hartleben

Hanna Jagert, Komödie

Otto Erich Hartleben

Hanna Jagert, Komödie

ISBN/EAN: 9783743695047

Hergestellt in Europa, USA, Kanada, Australien, Japan

Cover: Foto ©Andreas Hilbeck / pixelio.de

Weitere Bücher finden Sie auf **www.hansebooks.com**

Otto Erich Hartleben

Hanna Jagert

Comödie

Berlin
S. Fischer, Verlag
1893

Die Aufführung der Comödie, die Ende März 1892 auf dem Lessingtheater zu Berlin stattfinden sollte, wurde am 16. März dieses Jahres von Herrn von Richthofen, dem Polizeipräsidenten von Berlin, verboten.

„— Ich sage es Euch, Ihr, die Ihr
Euch dramatische Dichter nennt —: Nur
wo ein Problem vorliegt, hat Eure Kunst
etwas zu schaffen. Wo Euch aber ein solches
aufgeht, wo Euch das Leben in seiner Ge-
brochenheit entgegentritt und zugleich in
Eurem Geiste, — denn Beides muß zu-
sammenfallen, — das Moment der
Idee, in dem es die verlorene Ein-
heit wiederfindet — da ergreift es und
kümmert Euch nicht darum, daß der ästhe-
tische Pöbel in der Krankheit selbst die
Gesundheit aufgezeigt haben will, da
Ihr doch nur den Übergang zur Gesundheit aufzeigen könnt . . .“

Friedrich Hebbel.

Personen

Eduard Jagert, Maurerpolier.

Sophie, seine Frau.

Hanna, ihre Tochter.

Lieschen Bode, eine Nichte der Frau Jagert.

Conrad Thieme, Schriftsetzer.

Alexander Königt, Dr. med., Besitzer einer chemischen Fabrik.

Friedrich, Freiherr von Vernier.

Bernhard, Freiherr von Vernier, dessen Großneffe.

Freudenberg, Weinhändler und Hausbesitzer.

Personal bei Hanna.

Zeit: 1. Act — März 1888.
   2. Act — September 1890.
   3. Act — März 1891.
Ort: Berlin.

Erſter Act

Scene: Das Jagertſche Wohnzimmer. — Das Zimmer
ſieht kahl und nüchtern aus. Peinliche Sauberkeit. Die Betten
mit weißen Waffelbettdecken zugedeckt. Die Möbeln mit weißen
gehäkelten „Schonern" belegt. Auf dem Kleiderſchrank mehrere
Stöße Zeitungen. Hinten ein Kanarienvogel im Bauer, darüber
ein Regulator. Ueber dem Sofa links ein großer Stahlſtich.

Frau Sophie Jagert (ſitzt allein an dem Sofa-
tiſch links. Sie hat die brennende Lampe nah zu ſich heran-
gezogen und ſtrickt emſig. — Plötzlich legt ſie das Strickzeug
mit einem Ruck auf den Tiſch und horcht nach rechts. Dann
ſchüttelt ſie den Kopf und ſeufzt laut. Wie ſie ihre Arbeit
wieder aufnehmen will, klingelt es. Sie fährt zuſammen,
freudig:) Doch! (Sie eilt nach rechts ab und öffnet. Man
hört von draußen ihre Stimme mit einem Tone der Enttäuſch-
ung:) Ach Du biſt's!

Liesчen Bode, (ebenfalls noch draußen, beinahe
gleichzeitig:) Guten Abend, Tante. Ja — ich bin's.
Wenn's Dir nicht paßt, brauchſt's ja bloß zu ſagen.
(Lacht.)

Sophie, (im Eintreten:) Na komm rein,
komm! (Beide treten ein. Liesчen iſt eine hübſche, blaſſe Blon-
dine von zwanzig Jahren. Auffallend gekleidet, helles Jaquet,
Federhut.)

Liesчen: Brauchſt's bloß zu ſagen!

Sophie: Komm leg ab! Mach's Dir bequem! — Ach Lieschen . . .

Lieschen (hat sich den Hut abgenommen und reicht ihn Sophie:) Na?

Sophie (hält beim Anblick des Hutes inne. Nimmt ihn, bewundernd:) Nein, ist das ein feiner Hut!

Lieschen, (indem sie sich das Jaquet auszieht:) Sache! Mein neuer.

Sophie (streichelt die Feder:) Fein! Wirklich sehr fein! Kostet gewiß . . . Na, Du hast ihn wohl ge= schenkt gekriegt?

Lieschen: Nu natürlich.

Sophie, (melancholisch:) Ja — ja! Ach, weißt Du Lieschen: zu meiner Zeit — na! Kein Mensch! Bloß später Ede — und da war er schon mein Bräutigam.

Lieschen: Ja — Kunststück! Früher! (Singend:) Das ist schon lange her . . . .

Sophie: Na nu komm. Setz Dich ins Sofa.

Lieschen (setzt sich weiterträllernd in die vordere Sofaecke.)

Sophie, (an ihrem früheren Platze, nimmt das Strick= zeug wieder auf:) Wie geht's denn? Was macht die Mutter?

Lieschen: Ach die! Na — Du weißt ja. Meistens sitzt sie jetzt im Lehnstuhl. Der Doktor sagt, sie soll sich legen. Aber will sie denn? — Na — und dies Geschimpfe! Nichts als zanken den ganzen Tag! Als ob unsereins was dafür könnte? Aber sie gönnt es einem bloß nicht. Immer und ewig soll man bei ihr in der Stube hocken. Das ist doch kein Vergnügen!

Sophie, (traurig, leise:) Die arme Wally!

Lieschen: Gott ja — es ist ja schlimm genug. Aber sie braucht es einem doch nicht immer vorzu= klönen! So — und so — und immer wieder dasselbe. Ich kann's doch nu mal nicht ändern!

Sophie (seufzt laut:) Ja — ja ....

(Pause.)

Lieschen: Wo ist denn übrigens Hanna?

Sophie, (weinerlich:) Ach — das Mädchen! Nu seh mal einer an — nu ist es bald halb neune und sie ist noch immer nicht da! Ich sitze wie auf Kohlen — ach, Lieschen: Du weißt ja noch gar nicht .. denk doch mal an .. sieh mal hier! (Sie reicht ihr ein auf dem Tisch liegendes Telegramm.)

Lieschen, (neugierig:) Na, was ist denn los? (Liest das Telegramm:) Was — was?! Be — gna — digt? Conrad begnadigt? Na nu!

Sophie: Denk Dir!

Lieschen: Ist die Möglichkeit!

Sophie: Und kommt heute noch. Ist überhaupt schon da. Sieben Uhr fünfzehn kam der Zug. Jede Minute kann er da hereinkommen und ...

Lieschen: Er hat's also angenommen!

Sophie: Was?

Lieschen: Na — die Begnadigung.

Sophie: Schaf. Wie wird er denn nicht.

Lieschen: Na, na, na .. der mit seinem Dick= schädel .. zuzutrauen wär's ihm schon .. daß er meinet=

wegen jagte: was, erst habt Ihr mich zu drei Jahren
verknackt .. nu sitz ick knapp zwee und nu wollt Ihr
mir wieder raus haben? Ne — is nich: nu sitz ick
jrade bis Schluß. — So is er!

Sophie: Ach — red doch nich! Der wird ..
(Auffahrend, nach rechts horchend:) Horch! Hörst Du nichts?

Lieschen: — Ne, aber wir können ja mal nach=
sehn. (Sie läuft nach rechts zur Thür und horcht hinaus.
Sophie folgt ihr. Lieschen schlägt die Thür wieder zu:)
Jarnischt. Allens mucksstill. (Beide kehren auf ihre Plätze
zurück.)

Sophie: Nämlich, mußt Du wissen: Ede ist
zur Bahn gegangen mit 'ne Masse andre. Die holen
ihn alle ab. Du weißt ja, wie das ist ...

Lieschen, (affektiert:) Nein — dieses Glück für ...
(In anderem Tone:) Na ja: wenigstens for'n selber.

Sophie: Für Hanna! Denk mal an! — Wie's
so heute Nachmittag um viere kam, fragt' ich Eden, ob
ich's ihr nicht ins Geschäft bringen sollte. Aber der
—: ne laß man, wir wollen ihr überraschen, wenn sie
abends kommt. Ach Lieschen — richtig geweint hab
ich vor Freude — und nu kommt sie nicht.

Lieschen: Na, wird schon noch. Man stille. Is
ja 'n weiter Weg vom Spittelmarkt und wer weeß
denn ... Nu sag mal: das kommt wohl auch vom
neuen Kaiser? Seht Ihr's .. seht Ihr's nun? Was
hab ich immer gesagt? Wenn unser Kronprinz mal
an die Reihe kommt, hab ich gesagt, denn könnt ihr
mal was erleben! Das wird 'ne Nummer! Hab ich
nu recht, oder hab ich nicht recht?

Sophie: Ja, Ede sagt zwar ...

Lieschen: Ne, ne, ne, ne, ne Tante! Daran kannst Du nu bei mir nicht tippen. Alle Achtung vor Onkeln, aber in der Beziehung, da is er nu mal 'n Sozialer, und ich kann Dir nur sagen: mein Max, was der Einjährige ist, den ich neulich auf'm Sternecker kennen gelernt habe, der hat es mir ganz absolut klar= gelegt — und da mögt Ihr nu reden, was ihr Lust habt .. und zumal Onkel: der muß ja nu eben alles schlecht machen, das gehört ja nun mal dazu. Nicht die Spur von Patriotismus. So is es!

Sophie: Gott, ich hab ja auch garnichts gegen. —

Lieschen: Du, Tante: nu werden sie wohl bald heiraten?

Sophie, (in Gedanken:) Ich denke. Ja. — Hm ...

Lieschen: Na — wo doch damals schon alles soweit war. Ich meine — die Aussteuer und so — wie?

Sophie: Ja, ja. (Deutet auf den neumodischen, in die übrige Einrichtung nicht hineinpassenden Kleiderschrank, vorn rechts:) Da! Alles da drin. Eins auf dem andern und alles fein gezeichnet. Wird wohl schon ganz gelb geworden sein. Sie hat den Schlüssel — aber in die ganzen zwei Jahre hat sie nichts angerührt.

Lieschen: Hm. Na und die Betten? Die habt Ihr wohl wieder verkauft?

Sophie, (entrüstet:) Verkauft? Du bist woll ... Hast Du 'ne Ahnung von wegen verkauft! (Mit einer Bewegung nach hinten:) Willst mal sehn?

Lieschen: Ne laß man, glaub's schon. — Na

also: da sind sie ja fein raus. Brauchen bloß wie=
der anzufangen, wo sie aufgehört haben. Sie haben ja
auch beide lang genug warten müssen — der arme
Kerl! (Lauernd:) Na, und Hanna?

Sophie: Was denn?

Lieschen: Na — ich meine man .. die hat sich
doch .. die ist doch wohl .. in der Zwischenzeit etwas ..
verändert. Wie?

Sophie, (seufzend:) Ach ja! — Wenn sie nur
erst käme!

Lieschen: Hm .. ja ... Ich habe gehört: um
die Versammlungen und so .. soll sie sich ja gar nicht
mehr kümmern. Wie?

Sophie: Ach! Von Garnichts will sie mehr was
wissen. Ede zankt mit ihr alle naselang. Denk mal:
Hanna, die doch früher immer so .. so sehr für sowas
war — nich?

Lieschen: Die — na ich danke! Also is se woll
gar nich mehr sozial?

Sophie: Ich weeß nich. Aus'n Verein ist sie
raus. Allens nieder gelegt; und mit ihre frühere Freunde
und Bekannte und mit die Genossen überhaupt .. kommt
sie schon garnicht mehr zusammen. Die sind jetzt
auch alle furchtbar tück'sch auf sie, kannst Dir ja denken.

Lieschen, (kordial:) Sie bummelt woll tüchtig, he?

Sophie, (laut:) O nein! O nein!

Lieschen: Na?

Sophie: Nein, nein. Was ich Dir sage! —
Wo denkst Du hin! Wie die auf's Jeschäft is! Und

sie ist jetzt sowas Besseres, mußt Du wissen .. wie 'ne Directrice oder so.

Lieschen: Immer noch in die Kindergardrobe?

Sophie: Immer noch bei Lorenzen. Na, was glaubst Du wohl. Sie kauft jetzt auch ein für sie .. denk mal! Und die Modelle, die sie macht! Dadrauf kriegen sie immer die allermeisten Bestellungen. Na — sie verdient ja auch ein schönes Geld. Vierzig Dahler im Monat! Ja, ja, mein liebes Lieschen: das is 'ne Sache!

Lieschen: Ja, ja ... Ja: bei Euch überhaupt! Wie dabei Onkel noch 'n Roter is .. wo er doch selber so gut verdient und Du hälst es so zusammen und das eine Kind hat er man und die ... Ne, weeßte: ich kann es einfach gar nicht begreifen. (Demütig vertraulich:) Du hör mal Tantchen, sieh mal: die Mutter, unser gutes armes Muttchen, die sitzt doch nun immer so da und kann sich kaum rühren und reine garnischt ver= dienen .. und der Richard is auch so'n Schlingel und manchmal fehlt es wirklich am Nötigsten und .. und es is doch nu mal Deine Schwester, Tantchen ...

Sophie: Ach, die arme Wally. Ja — ja ... Na aber verdienst Du denn noch immer nichts?

Lieschen: Ach jawoll! Aber der verfluchte Jude hat uns ja schon wieder fünf Pfennig von's Dutzend Kragen abgeknöppt! Wirklich — es lohnt sich nicht mehr anzufangen! Tantchen! Möcht'ste uns nich auf'n paar Tage einen Dahler borgen? Wir haben wahrhaftjen Jott balde janischt mehr im Hause.

Sophie (sieht zu Lieschen hinüber:) Hm. Na — ich

will Dir was sagen. Morgen früh werd ich mal ran
kommen und werd mal sehen, was die Wally braucht.
Verstehste?

Lieschen: Aber Tantchen .. weshalb ...

Sophie: Wie? — Ja, weißt Du: es is man
bloß — Du vergißt es vielleicht wieder.

Lieschen: Wa ...

Sophie: Ja, ja. So, wie neulich. Gott das
kann ja vorkommen. — Wally wußte von nischt.

Lieschen, (verlegen, aber doch frech:) Ach — von
wegen ... (Schweigen. Lieschen sieht umher, sie bemerkt
den Tisch mit Büchern am Fenster links, steht auf und geht hin:)
Was liegt denn da eigentlich alles rum?

Sophie: Das? Ach, das sind Hanna's Bücher.
Weiß der liebe Himmel, was das alles für Zeug is.
Ach ne! Wo das Mädchen aber auch bleibt!

Lieschen, (bissig:) No — das wird doch woll keene
so'ne jroße Seltenheit sind .. sie hat doch jedenfalls 'n
Hausschlüssel!

Sophie, (sofort pikiert:) Na sei Du man ganz
stille, weeßte. In Dein'n Alter durft' sie mir überhaupt noch nich vor die Thüre, verstehste.

Lieschen: So so. Na ja — aber später, wie
sie immer in die Versammlungen ging und so .. nich
wahr? Und immer ihre klugen Reden hielt, von denen
keen Mensch was verstand .. wie? Nu ja: Du konnt'st
ja doch nich immer mitloofen .. es wär Dir als Mutter
woll'n bisken schenierlich gewesen, wenn Du ihr so bei
ihre Predigten hätt'st zuhören müssen un .. un .. un
— hätt'st schließlich ooch nischt verstanden!

Sophie, (wütend:) Lieschen! — — Nu borg ich Dir den Dahler grade nich!

Lieschen: P — hö!

Sophie: Wo sie nu schon siebenundzwanzig Jahr alt ist, und überhaupt so'ne verständige Person, wie unsere Hanna! Wegen der brauchen wir gottlob um sowas keene Bange zu haben. Die is nich so .. daß sie mal heute mit dem und morgen mit dem geht, wie — andere.

Lieschen: So, so. Na, Du mußt's ja wissen.

Sophie: Ja: das weiß ich auch!

Lieschen: Ja, ja: ich weiß auch —: die brave Hanna, die brave Hanna! Hab't ja oft genug zu hören gekriegt .. solang ich mich besinnen kann —: da nimm Dir mal 'n Muster dran! Was die ihre Eltern für Freude macht! So — und so — und so — na! —: ich will Dir mal was sagen, Tante: ich rede gewiß keinem gerne was Schlechtes nach — und am allerwenigsten meiner leibhaftigen Cousine — a — ber: das muß ich Dir denn doch sagen: mir machste nischt weiß — und bei die wird ooch man bloß mit Wasser gekocht!

Sophie, (außer sich, stammelt:) Li .. li .. lieschen ...

Lieschen (läßt sie nicht zu Wort kommen. Lauter:) Und wenn unsereins wirklich mal mit einem geht — du lieber Gott, nun ja: was hat man denn sonst vom Leben — die — die — nun ja: die fährt freilich lieber!

Sophie: Mächen, Du ...

Lieschen (schneidet ihr frech das Wort ab:) Ja, ja,

ja, ja — sei man ganz stille —: wat ick jesehen habe,
det hab ick jesehn! Da is nischt zu wollen! Ich
wollt's Dir zwar eigentlich nicht sagen — aber wenn
Du mir so kommst — grade! Vorgestern Abend
war's .. zwar schon duster .. aber bei des Elektrische
—: ganz genau hab ich sie gesehn: mit 'n Herrn in 'ne
Kutsche — nich in 'ne Droschke — doch nich in 'ne
erste Füte —: i Jott bewahre: is ihr ja allens viel
zu poplich — in 'ne — in 'ne Privatequipage!

Sophie: Das ist nicht wahr.

Lieschen: Das ist wohl wahr. Siehste!

Sophie, (schreiend:) Nein: Das ist nicht wahr!
Das hast Du gelogen! Sowas thut unsere Hanna
nicht. (Weinerlich:) Die stirbt ja lieber! (Schluchzt.)

Lieschen: Na, was ist denn schließlich dabei,
ich —

Sophie, (mit plötzlichem Ausfall:) Du, ja Du ..
Du möcht'st woll gerne, daß sie auch so'ne wäre —
aber ne — ne! Gottseidank! Solche Streiche brauchen
wir uns bei der nicht zu besehn. Ich weiß ja: Du —
(Es klingelt.) Das ist sie! Das ist sie ganz bestimmt!
(Eilt nach rechts.) Sie wird's Dir schon besorgen! Sie
wird's Dir schon .. (Ab.)

Lieschen, (gleichzeitig und nachrufend:) In's Gesicht
sag ich's ihr .. in's Gesicht! Sie wird mir doch nicht
ausreden wollen, was ich mit diese beiden Augen gesehen habe!

Sophie (kommt mit Hanna zurück, die sie förmlich
in's Zimmer zieht:) Stell Dir bloß vor! Hier — det
Mächen! Hab Dir doch erzählt, wie sie neulich is

gekommen und hat mir'n Dahler abgeknöppt —: „für
ihre arme kranke Mutter!" Andern Tag's komm ich
hin —: keen Dahler un keen Lieschen! Is de ganze
Nacht nich nach Hause gekommen. So'ne Pflanze!
Und heute kommt sie wieder ran, will wieder 'n Dahler
.. und wie 'ch 'n nu nich geben will, denn wozu? die
Wally braucht'n doch wirklich — wird se tück'sch und
kommt mir mit Spitzfindigkeiten und will mir ärgern.
Und weeßte, was se sagt? Weeßte, was se sagt?! Sie
hätte Dir mit 'n Herrn in 'ne Kutsche gesehen, sagt
se ... Und nich in 'ne Droschke, ooch nich in 'ne erste
Güte, ne .. stell Dir vor —: in 'ne Privatequipage!

(Pause.)

Lieschen, (trotzig:) Mit zwee Rappen.

Sophie: Dies freche Frauenzimmer! Wie sie
lügt!

Lieschen, (frech zu Hanna:) He? Is woll nich
wahr? Vorgestern Abend! Unter die Linden! — He?

Hanna, (groß, schlank, brünett. Sie trägt die etwas
spröden Haare, ohne jede Stirnlocke, gescheitelt. Ruhige, selbst=
bewußte Haltung, große Schritte, Altstimme. Sie ist schwarz,
mit Einfachheit gekleidet. Sie hat die Eigentümlichkeit, bevor
sie spricht, die Person, mit der sie spricht oder der sie ant=
wortet, erst einen Augenblick überlegend anzuschauen. Zu ihrer
Mutter:) Du willst, daß ich ihr antworte?

Lieschen, (höhnisch:) Na nu ne!

Sophie, (gleichzeitig:) Aber .. na — türlich,
gewiß!

Hanna (richtet den Blick auf Lieschen:) Ja. Es
ist richtig. Ich bin Donnerstag Abend mit einem

2*

Herrn .. in dessen Wagen .. die Linden entlang ge=
fahren. (Sie geht an ihr vorbei nach links, wo sie ihre Sachen
ablegt.)

Lieschen (zu Sophie:) Na? Wie steh ich nu da?

Sophie, (furchtsam:) Hanna .. wie .. wie ..

Lieschen, (schneidend:) Da wird sich Conrad
Thieme aber freuen!

Hanna: Dem werd ich es schon rechtzeitig
schreiben!

Lieschen (lacht hell auf.)

Sophie: Aber Kind, so .. so sprich doch, erkläre
uns doch .. was soll denn Lieschen denken, wofür soll
sie Dich denn halten?

Hanna: Was sie mag. Für ihresgleichen.

Lieschen, (wie geohrfeigt, in heller Wut:) Was? Wie?
für meinesgleichen? Bitte, liebe Cousine, willst Du mir
mal erklären, was Du damit sagen willst! Ja?

Hanna (zu Sophie:) Mutter! In Lieschens
Gegenwart .. erlaß mir —

Lieschen, (schneidend dazwischen:) Ach so, ja ja —
versteh schon! Mich kann sie eben nicht dumm machen.
Wir kennen den Rummel! Aber siehste! Det is es ja
grade, worüber ick mir immer so schauderös ärgern
muß! Dies Vornehmthun und dies — immer will
se was Besseres rausbeißen und spielt sich uff wie 'ne
Jeborne! Ae! Ick gebe mir wenigstens for das, was
ick bin und habe mich nich so und mache aus meinem
Herzen keene Mördergrube. — Aber laß man jut sin,
Cousinchen, laß man jut sin —: wenn Conrad jetzt

kommt, dem wer' ick's schon stecken! Gleich heute!
Auf der Stelle!

Hanna (verliert ihre bisherige Fassung:) Was ..

Lieschen, (triumphierend:) Ja, ja: Cousinchen:
Conrad Thieme, Dein Bräutigam Conrad Thieme!
Ganz glücklich bin ich, daß ich die Erste bin, die Dir
die frohe Nachricht bringt ... Jede Minute kann er jetzt
hier herein kommen: jede Minute! (Zu Sophie:) Siehst
es Tante, siehst es: das böse Gewissen! Das paßt Dir
woll nich — he? Du hättst'n woll nich begnadigt —
was? Hättst'n lieber noch'n Jährchen hinter Schloß
und Riegel gesehn — wie? Ja! — Ach ja! Spazieren=
fahren is ja so'ne schöne Sache, so'ne schöne Sache!

Hanna, (furchtsam, leise:) Mutter — ist das —
wahr?

Sophie (nickt traurig und beobachtet sie.)

Hanna (zuckt zusammen.)

Sophie, (erschreckt aufschreiend:) Hanna!

Lieschen: Ja ja: Kannst ruhig glauben, was ich
Dir sage. — „Unangenehm" — was? „Es ist im
Leben häßlich eingerichtet" ...

Sophie: Sie müßten schon längst zurück sein.
Wir — wollten Dich — überraschen.

Lieschen (lacht, schickt sich zum Gehen an.)

Hanna (greift ebenfalls nach ihren Sachen.) Dann
muß ich ...

Sophie, (in Schluchzen ausbrechend:) O mein Gott,
mein Gott ... (Läßt sich auf einen Stuhl fallen.)

Hanna (bleibt mit sich kämpfend in der Mitte der
Bühne stehn. Sie richtet den Blick voll Verachtung auf Lieschen.)

Lieschen, (vor diesem Blick zurückweichend:) Na, nu kann ich ja gehn. Jetzt wird mir die Jeschichte zu plümerant. Aber das wollt ich ja bloß sagen: man soll nicht mit Steine schmeißen, wenn man selber mang die Fenster sitzt. — Tjöh.

(Es antwortet ihr niemand. Sie geht rechts ab.)

(Pause.)

Hanna (nähert sich langsam ihrer weinenden Mutter und legt die rechte Hand auf ihre Schulter:) Mutter. Liebe Mutter — weine doch nicht. — Ich weiß — was ich gethan habe. Hab' es auch gewußt — als ich es that. Ich bereue nichts. Ich kann mich durchaus verant=worten — vor mir selber. Hoffentlich auch vor Dir, nur .. nur jetzt .. nach dem Ton, den Lieschen an=geschlagen hat .. ich muß mich erst wieder .. zurecht finden. Und dann .. ist auch jetzt keine Zeit, Dir das Alles zu erklären. (Lebhaft:) Mutter, liebe Mutter: ich bitte Dich: laß mich .. ihm aus dem Wege gehn, heute, den ersten Abend .. laß mich! Es ist besser.

Sophie (sieht mit einem durchdringenden, forschenden Blick zu ihr auf.)

Hanna (kniet nieder, angstvoll:) Oh! ... Denke nicht schlecht von mir, Mutter! Mach mich nicht irre an mir! Hörst Du? Nur das nicht! Du hast mir ja immer vertraut .. sonst .. allezeit ...

Sophie: Ja — immer — bis heute.

Hanna: Mutter! Um Gotteswillen, sprich nicht so! Sprich nicht so! Wenn Du mich dahin brächtest .. daß ich bereute ... Mutter!

Sophie (fährt in die Höhe:) Horch! Kommen sie nicht? Geh zur Thür, geh!

Hanna (springt auf, nach rechts, horcht hinab. Man hört eine Thür ins Schloß fallen.) Nein. Nichts. Es war unter uns. Alles still. — Es ist noch Zeit —

Sophie: Noch — Zeit?

Hanna: Ja. — Du sagst, Tante Wally wäre kränker geworden .. ich müßte bei ihr wachen. Später, morgen . . .

Sophie: Hanna! — Du hast nicht den Mut, ihm .. zu begegnen — und Du willst ein gutes Gewissen haben?

Hanna: Quäle mich doch nicht so furchtbar! — (Wie für sich:) Gewiß! Ja! Ich habe ein gutes Ge= wissen. Ein neues vielleicht, aber . . . Ja! — Und dies ist der Kampf mit dem alten. Damit muß ich fertig werden, ich wäre ja sonst . . . (Mit einer abweisenden Geberde:) Nein! Es ist ja nur . . . Ich habe noch nicht den rechten Mut .. diese dumme Ueberraschung, daß man so gar nicht daran dachte .. und noch dazu diese rohe Art, in der es einem mitgeteilt wurde . . . Ich muß mir nur — (Mit gesunkener Stimme:) selber treu bleiben. (Fest:) Das ist Alles! (Man hört plötzlich Lärm im Treppenhaus. Hanna, welche die letzten Worte eben noch mit einer erzwungenen Festigkeit gesprochen hat, fährt, ganz unvermittelt, jäh zusammen und beginnt vor Angst zu zittern. — Draußen lauter werdende Schritte . .)

Sophie: Nun — mußt Du wohl dableiben. (Mit traurigem Spott:) Oder willst Du Dich vielleicht verstecken?

Hanna: Mutter! —

(Man hört, wie die äußere Korridorthür geöffnet wird.)

Eine tiefe Baßstimme, (draußen:) Nu noch ein= mal: unser hochverehrter Freund und Genosse, der Strafgefangene a. D. Conrad Thieme — er lebe hoch, und abermals hoch — und zum dritten Male: hoch! (Lachen, dann Hochrufe.)

Eine singende Stimme: „Ein Sohn des Volkes will ich sein .. will ich sein .. und bleiben!" (Alles fällt brüllend ein. Dann zahlreiche: „Pst!" „Pst!" „Ruhe!")

Conrad's Stimme: Danke, Genossen, danke, danke! Aber nun — lebt wohl!

Eduard's Stimme, (einfallend:) Na, so kommt doch mit rein! Ach was...

Verschiedene, (durch Lachen unterbrochen:) Ne, ne, ne. Was würde Deine Hanna sagen! Ne, ne ...

Conrad's Stimme, (einfallend:) Ne, ne? ich bin auch zu —

Eine breite Stimme, (fast gleichzeitig:) Angegriffen — was? (Gelächter.)

Conrad: Na denn gut. Gut' Nacht!

Die Stimmen, (durcheinander:) Gut' Nacht! Viel Vergnügen! Gut' Nacht! (Verlieren sich.)

(Man hört, wie die äußere Korridorthüre geschlossen wird. Während des Vorgangs draußen, spielt sich auf der Scene Folgendes ab:)

Hanna (steht angstvoll lauschend da. Sowie sie Conrad's Stimme hört, flüchtet sie in unwillkürlicher Angst zu ihrer Mutter. Flüsternd:) Er ist es.

Sophie: Ja. (Bitter:) Du hast wirklich nicht

den rechten Mut. — Hörst Du: „was würde Deine Hanna sagen!"

Hanna (rafft sich auf:) Wir — müssen ihnen entgegen gehen. (Sie ringt nach Selbstbeherrschung und geht auf die Thür rechts los. Sobald sie mitten auf der Bühne angelangt ist, fliegt die Thür auf.)

Conrad (stürmt hinein.)

Eduard (erscheint hinter ihm in der Thür.)

Hanna (bleibt fest an ihrem Platze.)

Sophie (erhebt sich und geht den beiden entgegen.)

Conrad (mit ausgebreiteten Armen auf Hanna los, ekstatisch:) Hanna!

Hanna (weicht unwillkürlich ein wenig zurück. Dann aber reicht sie ihm mit anscheinender Ungezwungenheit beide Hände. Leise:) Conrad — willkommen! Will — kommen. Wie . . . Welche .. (Sie stockt. Einen Augenblick atemlose Pause.) —

Conrad (hält Hanna's Hände fest und beschaut sie erstaunt und bewundernd. Sie senkt den Kopf.)

Sophie, (vortretend:) Welche Freude — meint sie.

Eduard: Ja, ja! Das is mal 'ne Ueberraschung! He? Die is nich von schlechten Eltern! (Lacht dröhnend.)

Conrad (zu Sophie:) Ach — Frau Jagert! Na — da sind Sie ja auch wieder! Und sehn so gut und so gesund aus — ganz die Alte!

Sophie: Ach ja — man wird alt. Aber kommen Sie . . .

Conrad, (fröhlich:) Ne .. ne: Sie wollen mich bloß nich verstehn. Von wegen alt! — Keene Spur! Ich meine nur: unverändert, ganz unverändert — wie

vor zwei Jahren. (Schaut sich um:) Hier — hier ist
überhaupt alles unverändert! Wie — Hanna?

Hanna (versucht zu sprechen — schweigt — schüttelt
den Kopf.)

Sophie, (gleichzeitig mit Eduard:) Ach ne, was
denken Sie woll, Conrad. Hanna ist viel weiter ge=
kommen! Viel weiter! Hat sie Ihnen denn das nicht
geschrieben? Sie ist zwar noch immer bei Lorenzen,
aber . . .

Eduard, (gleichzeitig beginnend:) Glaub nur sowas
nich. Die is überhaupt — na! — Die is 'ne ganz andre
geworden, die versteht keen Mensch mehr! Natürlich —
was so'n Gelehrter ist, wie Du — Du wirst vielleicht
dahinter kommen. Geld? O ja! Hat sie immer!
Darin is se groß! Aber — denkt nur noch an sich
— nur noch an sich, sag ich Dir! Kooft sich Bücher
und geht in's Theater. De Partei — nich sehn — nich
in de Hand! Ja — ja! Na — aber komm! Setz
Dich mal erst hin. Du wirst schön müde sein. (Geleitet
ihn an den Tisch:) Hier! Hier in die Sofaecke! So.
— Willste was trinken?

Sophie: Oder essen?

Conrad, (zerstreut, blickt nach Hanna:) Danke. Danke.
Habe ja erst vorhin .. auf dem Bahnhof . . . Setz Dich
doch hierher, Hans.

Hanna (setzt sich schweigend auf den Stuhl neben ihm.)

Conrad (nimmt ihre Hand und streichelt sie:) Nu ..?
Sieh mich doch mal an .. ist es so?

Hanna (sieht ihn an:) — Ja. Ich — glaube

nicht mehr recht daran. Das heißt — daß wir es noch erleben müßten. Bebel . .

Eduard, (brummig:) Hm. Und deshalb legt'se die Hände in'n Schoß. Schöner Grund!

Hanna: Ich — meine: ich thue vielleicht viel mehr, wenn ich .. an mir, an mir selber .. arbeite ..

Eduard: Ja, ja — „man lebt nur einmal" — nicht wahr?

Hanna: Der einzelne Mensch — ja. Und der hat vielleicht .. auch seinen Wert. (Etwas lebhafter:) Denn weißt Du: das hab ich nun wirklich erfahren —: die Menschen im allgemeinen werden nicht besser dadurch, daß sie die Macht bekommen.

Conrad: Hans! Siehst Du! Da erkenne ich Dich so recht dran wieder! Immer tüfteln und spinti= sieren! Ach ich merk schon: das ist alles nur halb so schlimm: Du bist doch immer noch meine alte, kreuzbrave und kluge, riesig kluge Hanna — wie?

Sophie: Ach, Conrad: sehn Sie: die Hauptsache is ja: sie hat ja zu viel Aerger gehabt. Wissen Sie: so'ne Jemeinheiten, wie da immer vorgekommen sind .. na! Ich kann's ihr nich verdenken.

Eduard: Ach Unsinn!

Conrad (zu Hanna:) Wirklich?

Hanna: Ja — sieh mal —: wenn man schnell vorwärts geht — irgendwohin, auf ein bestimmtes Ziel los, das ganz nahe ist — oder man glaubt es wenig= stens ganz nah — dann achtet man nicht so auf den Weg — man .. geht eben frisch drauf los. — Aber wenn man auf einmal merkt oder erfährt: das Ziel

ist garnicht nahe — es ist noch weit, meilenweit —
oder — es giebt womöglich gar kein Ziel — dann
— bekümmert man sich plötzlich auch um den Weg
— auf dem man geht. Und wenn man dann findet,
daß der schmutzig ist — na! . . . Aber Du hast doch
ganz recht, im Grunde bin ich gewiß dieselbe, wie
früher, nur —

Conrad: Hm?

Hanna: Ich meine —: wenn man sich daran
gewöhnt, über alles selber nachzudenken . . .

Eduard: Na ja! Da hast es! Das is so die
rechte Höhe! „Ueber alles selber nachdenken"! Na, ich
danke! Wenn das alle machen wollten — da könnte
was Nettes bei rauskommen!

Conrad: Aber laß sie doch aussprechen. Nun?
Also, was ist dann, wenn man sich daran gewöhnt hat?

Hanna: Dann — nun, dann kommt man leicht
zu neuen Ansichten — über —

Conrad: Worüber?

Hanna: Ueber alles. Ueber das ganze Leben . .
(Verlegen:) und so . .

Conrad: Aber — es giebt doch auch — Sachen,
denk ich, die — na, die nicht „Ansichtsachen" sind —
wie?

Hanna (sieht ihm ins Gesicht. Nach kurzem Nach=
denken:) Nein.

Conrad (will sprechen, schweigt betroffen.)

Eduard: Na nu hört aber mal auf! Klugschmusen
könnt Ihr immer noch! Sehe gar nich ein, was Ihr
Euch gleich in der ersten Stunde in so'n ungemütliches

Gerede rinredet. — (Zu Conrad:) Komm mal hier! (Er steht dem Sofa gegenüber vor dem Tisch. Er winkt Conrad, aufzustehen und sich neben ihn zu stellen.)

Conrad, (indem er gehorcht:) Was soll ich denn?

Eduard (legt ihm die rechte Hand auf die Schulter und zeigt mit der linken auf den Stahlstich, ein lebensgroßes Porträt Lassalles:) Sieh mal da! (Pathetisch:) Dein Mobiliar!

Conrad, (erfreut:) Wahrhaftig! Da hängt es!

Hanna (versucht sich zu entfernen.)

Sophie: Hanna leucht doch mal.

Hanna (hält die Lampe in die Höhe.)

Conrad: O! Und einen neuen Rahmen scheint mein Mobiliar auch gekriegt zu haben.

Eduard: Na, natürlich. Das war ja nich mit dem alten. Aber sein jetzt — was?

Conrad: Sehr ...

Hanna (stellt die Lampe wieder hin.)

Eduard: In Plötzensee hatten sie Dir woll keinen Lassalle an de Wand jehangen — was? Ja, ja! Darin sind se komisch! Was 'n richtiger Zimmerschmuck ist — davor haben se keen Verständnis. Das kann man nur zu Hause haben — bei Muttern.

Conrad: Ja freilich — zu Hause ... (Er faßt wie dankend Eduard's Hand und drückt sie. Leise:) Zu Hause. (Seufzt.) Aber Hanna — soll ich Dir was sagen? Ich glaub es nicht. Ich — fühle mich doch noch nicht so recht — so wirklich zu Hause — eh Du mir nicht .. erst wieder .. einen Kuß gege — (Da Hanna eine plötz=

liche Bewegung des Schreckens macht:) Hm? Was meinst
Du?

Sophie (nähert sich ängstlich und will sprechen. Auf
einen fragenden Blick Eduard's hält sie jedoch plötzlich inne.)

Hanna (tritt mit niedergeschlagnen Augen langsam
näher. Schweigend bietet sie sich ihm an.)

Conrad (hat sie in atemloser Spannung beobachtet.
Plötzlich laut, freudig:) Hanna! (Er umfaßt sie leidenschaftlich
und küßt sie wiederholt:) Du — ach Du! — Du bist es
ja doch noch! Meine Hanna, meine .. meine . . .

Hanna (wird sich in seiner stürmischen Umarmung
ihrer unsittlichen Feigheit bewußt. In größter Scham und Auf-
regung macht sie sich gewaltsam von ihm los. Keuchend:) Laß
mich .. laß . . . (Eilt nach hinten ab.)

(Pause.)

Conrad (bleibt starr vor Staunen stehen, sieht ihr nach
und blickt dann die beiden Alten fragend an. Heiser:) Was
— was bedeutet das?

Eduard, (unwirsch:) Weiß ich's — was die wieder
im Schädel hat! Ich sage ja —: kein Mensch wird
mehr klug aus ihr. Ueberspanntes Frauenzimmer!
(Deutet auf die Stirn:) Hier! Verstehste? Heiraten muß
se. Is die höchste Pferdebahn! (Geht durchs Zimmer.
Sein Aerger wächst.)

Sophie (macht sich verlegen zu schaffen.)

Eduard: Aber laß man gut sin! Wir werden
ihr schon Raison beibringen! Demvel auch! Was
sich so'n Frauenzimmer einbildet! (Zu Sophie, barsch:)
Ruf sie rein!

Sophie, (bittend:) Ach, Ede: willste sie nicht

lieber jetzt in Frieden lassen? Sie ist vielleicht nicht wohl.

Eduard: Ruf sie rein! sag ich. Paßt sich nicht: — so wegzulaufen. Keine Manier!

Sophie (geht zögernd nach hinten zur Thür.)

Conrad: Na, aber — wenn Deine Frau meint, wollen wir sie nicht doch lieber erstmal ...

Sophie (bleibt nah der Thür stehn.)

Conrad: Ich meine ---: sie ist vielleicht nur so überrascht, so .. ihre Nerven —

Eduard, (aufbrausend, höhnisch wütend:) Nerven? (Gebieterische Handbewegung zur Thür.)

Sophie (ab.)

Eduard (durch's Zimmer gehend:) Ne, mein Junge! Det jibt's nich! Hier bei mir zu Hause, weeß man, Jottlob, noch nischt von de Nerven. Weibermucken! Sowas müßte erst eingeführt werden. — Hier heißt es parieren, verstehste! Parieren — und damit Schluß! So setz Dich doch! (Rückt mit einer unwillig heftigen Bewegung einen Stuhl zurecht und setzt sich. Stopft sich eine kurze Pfeife. Pause.) —

Conrad: Wieviel — verdient Hanna jetzt?

Eduard: Ach — und wennje tausend Dahler verdiente ... Das sind so'ne Ideen!

Conrad: Aber ...

Eduard: Weiß schon! Weiß schon: Du bist auch so einer. Wie der Wilke .. der liegt mir auch immer damit in die Ohren. „Frau — en — emen — zipa — zion"! Ja — Kuchen! Möchte mal wissen, was das mit die Arbeitersache zu thun hat.

Das Einzige —: sie drücken die Löhne. Pä! Was gehen uns die Weiber an.

Conrad: Na, aber hörmal ...

Eduard: Ne, weeßte: damit mußte mir nu nich kommen. — Später — wenn Du mal soweit bist und die Hanna ist Deine Frau — na, denn kannst es ja halten wie der Pfarrer Aßmann .. denn kannste se meinswegen in Hosen rumloofen lassen. (Lacht ingrimmig und steckt sich seine Pfeife an:) Pä!

Conrad: Na, weeßte — mir is es nich zum Spaßen.

Eduard: Mir auch nicht.

(Pause.)

Conrad (setzt sich hinter den Tisch.)

Eduard (sitzt vorn. Er trommelt mit der linken Hand auf den Tisch, von Conrad abgewandt.)

Conrad, (aus seinen Gedanken heraus, indem er mit der Hand auf den Tisch schlägt:) S' is doch kein Kind mehr! Mit ihre siebenundzwanzig Jahr ... Und hat im kleinen Finger mehr Verstand, wie so'n Dutzend werte Jenossen in ihre sämtliche Dickschädel! — Na also! Wo darfste die denn nu so mir nichts dir nichts kommandieren wollen wie'n Lehrjungen!

Eduard: Ich bin ihr Vater. Basta.

Conrad: Aber Mensch! Wie kannste nu so was sagen! Also deshalb bist Du ihr Herr!? Das is doch nichts Natürliches! Das is doch nur 'ne Folge von ganz schauderöse ökonomische Zustände! Grade von solche Zustände, wie wir sie umschmeißen wollen. Verstehste denn das nich?

Eduard, (passend:) Ne — ganz und gar nich.

Conrad: Na aber! Bedenk doch mal! Sieh mal: die Hanna .. die kann doch sehr schön leben — nicht wahr? Du giebst ihr doch nichts dazu. — Na also. So is es doch bloß ihr guter Wille und weil sie Euch gern hat und sie ist es auch so gewohnt — sonst — sie kann doch jede Stunde auf und davon gehn .. und was willste denn da machen? Das ist doch 'ne ganz andre Sache, wie mit so'ne Burschoa=tochter. Die natürlich hat nichts gelernt und hat von der ganzen Welt keine Ahnung. Und wenn sie nicht zufällig einer nimmt und macht se zur Gnädigen .. und der Vater macht mal die Augen zu — nu ja: dann sitzt sie da mit die Talente und mit's Klavier=spielen, und kann froh sind, wenn sie noch irgend wo so als alte Jungfernante unterkriechen kann. — — Siehste: bei so einer hat's en Sinn, wenn sie auch noch als 'ne ganz alte Schachtel Vatern parieren muß, wie 'n Rekrut. Was soll se denn machen? Se muß doch leben! — — Aber sind denn das etwa Verhältnisse, wie wir sie wollen? Ich dächte, da hätten wir sie selber schon besser. Denn das sind doch verrückte, das sind doch jradezu blödsinnige Zustände und so'n armes Mädchen kann einem doch bloß leid thun. Wie?

Eduard (raucht schweigend.)

Conrad: Freuen solltste Dich, daß die Hanna so ganz anders dasteht! Siehste: das ist ja das Beste an ihr: diese Selbständigkeit! Das ist es ja grade, was ich so riesig an ihr verehre!

Eduard, (verstockt:) Na — ich danke.

Conrad, (hitzig:) Was denn! Das mußt Du doch einsehen!

Eduard: Ne — das will nu jarnich in meinen verfluchten alten Schädel rin.

Conrad: Aber —

Eduard: Ja, ja — Du kannst ja lange reden, eh mir was gefällt. — Meine Meinung is nu mal: Familie bleibt Familie — ob sie nu reich is — oder arm. Sonst hört ja alles auf.

Conrad: So! — Und meine Meinung is: tyrannisieren bleibt tyrannisieren, ob's nu von so'n Landjunker jemacht wird . . mit de Hundepeitsche . . oder von 'n Vater, der sich einbildet Sozialdemokrat zu sein —

Eduard, (gereizt:) Nu hör aber auf! Deuwel auch, das ist . . .

Conrad, (jähzornig:) Ach was: „Deuwel auch!" . . Spießbürger seid Ihr! Spießbürger alle zusammen, aber keine Sozialdemokraten!

Eduard, (vor Wut sprachlos.)

Conrad, (in großer Erregung:) Es ist wirklich . . es, es kommt wie gerufen! Gleich am ersten Tage . . gleich in den ersten Stunden . . wo ich noch kaum raus bin aus dem Kasten . . gleich muß ich es wieder so recht mit Händen greifen . . dieses jammervolle Philistertum, dieses, dieses ä! Das kann ich Dir sagen, Jagert —: hätt ich vor fünf Jahren, wo ich in die Bewegung eintrat, all das gewußt, was ich jetzt —

(Man hört im hinteren Zimmer einen Stuhl fallen. Conrad hält inne und sieht nach hinten.)

Hanna (erscheint, hastig. Sie trägt eine Reisetasche, die sie auf einen Stuhl stellt.)

Sophie (kommt weinend hinter ihr her.)

Eduard (hat während der letzten hitzig hervorgestoßenen Worte Conrad's verschiedentlich zum Sprechen angesetzt. Durch das plötzliche Geräusch und das Auftreten Hanna's ist auch er abgelenkt. Zu Sophie:) Na, was is denn?

Sophie, (flehentlich:) Laß sie zu Bett gehen, Ede! Bitte! Sie ist krank. Sie weiß garnicht, was sie will, sie . . sie . .

Conrad (hat ausschließlich Hanna beobachtet. Er tritt ihr näher:) Hanna — Du — hast mir was zu sagen.

Hanna, (sehr bleich, aber fest und sicher. Sie erwidert seinen Blick und hält ihn aus:) — Ja!

(Pause.)

Hanna (kommt langsam nach vorn:) Es war feige von mir . . vorhin, mein Benehmen. Wie die Dinge nun einmal liegen . . muß ich . . . Aber glaube mir: es gehört Mut dazu. — Daß ich Dir nicht ins Gefängnis geschrieben habe . . das wirst Du wohl verstehn. Wir dachten ja alle, Du würdest noch ein Jahr dort bleiben, und da wollt' ich Dir erst schreiben . . kurz vor der Entlassung . . .

Conrad, (vor Angst bebend. Leise:) Hanna!

Hanna (ringt mit ihrer Kraft.)

Eduard, (schlägt sich vor den Kopf:) Bin ich denn verrückt? Wo zum Teuvel soll denn das hinaus?

Hanna, (mit einer ruhig abwehrenden Geberde, den Blick auf Conrad gerichtet:) Laß mich jetzt, Vater! — Erinnere Dich, Conrad, wie es damals —

3*

Conrad, (von einer plötzlichen Schwäche befallen, muß sich an den Tisch stützen.)

Hanna, (mitleidig:) Ach, siehst Du — Dir ist nicht wohl. Mutter . .

Sophie, (jammernd:) Könnt Ihr's denn nu wirklich nich bis morgen lassen. Conrad, Sie haben doch heute nun schon so ville durchgemacht . . .

Conrad, (energisch:) Nein, nein, nein. Sprich nur: sprich nur weiter. — Also: woran soll ich mich erinnern?

Hanna, (zögernd:) Daran, wie . . es damals eigentlich war. Ich meine: wie es so zugegangen ist . . daß wir uns . . verlobten.

Conrad, (der sich im Folgenden mühsam aufrecht erhält, nervös:) O das weiß ich, das weiß ich . . . Ich habe Zeit gehabt . . ich habe auch Gelegenheit gehabt . . darüber nachzudenken . . . Nun?

Hanna: Damals, wo ich noch so ganz und gar im Parteileben aufging — kaum etwas Anderes kannte — da warst Du für mich — ein Genosse. Ein Genosse, für den ich die größte Verehrung hatte, den ich als seine Schülerin bewunderte. Dagegen — als Weib . . .

Conrad: Nun — „als Weib"?

Hanna: Ach, Conrad: es ist so furchtbar schwer . . für zwei Menschen . . sich zu verständigen . . nach Jahren, wenn der eine sich während der Zeit weiter entwickelt hat . . und der andere . .

Conrad: . . ist der alte geblieben. Ja.

Hanna: Also sieh. Das hab ich Dir ja auch damals nie verhehlt, daß ich nicht so wie Du . . . Ich dachte eben: ich wäre darin überhaupt anders, und solche leidenschaftlichen Gefühle wären mir nun einmal versagt. Das glaub ich auch jetzt noch, und: ich bin darin immer ehrlich gewesen . . gegen Dich — und gegen mich auch.

Conrad: — Ja.

Hanna: Nun waren wir aber zusammen thätig . . für dieselbe Sache . . mit denselben Idealen . . und dazu —: unter demselben Druck. So rückten wir zusammen und gewöhnten uns aneinander. Und weil wir so Vieles gemeinschaftlich hofften, fürchteten und liebten — vergaßen wir wohl, daß es sich um etwas Anderes, Drittes, um etwas außer uns handle — und nicht um uns selber. Verstehst Du mich?

Conrad: — Ja.

Hanna: Es ist nötig, Conrad, daß Du mich verstehst. Sieh: Du warst mein Kamerad . . fast stets mein Nebenmann . . in all der Arbeit, die wir beide für etwas Hohes, für etwas Heiliges hielten. Und wie sah ich zu Dir auf, zu Deinem ehrlichen, unerschütterlichen Mannesmut, zu Deinem festen Glauben — ja! —: zu dem besonders! Der war mir das Wertvollste.

Conrad: — Weiter.

Hanna, (leise:) So . . haben wir uns verlobt.

Conrad, (krampfhaft, heftig:) So? Nein! So nicht. Ich nicht! Ich ganz gewiß nicht! Bei mir ging's nicht so vornehm zu. Viel gewöhnlicher, viel einfacher. Ja — ganz simpel! Du mußt es wirklich schon verzeihn: ich — ich verliebte mich in Dich — ich!

Nimm's nicht übel. Das war ja damals, damals
.. und ich habe mich inzwischen nicht so — ent-
wickeln können — wie Du!

Hanna: Conrad! Du —

Eduard (zu der leise schluchzenden Sophie:) Laß das
Heulen! Verdammt! Paß auf! Hier kannst Du was
lernen.

Conrad, (immer nervöser:) Aber natürlich: Du —
Du bist über so was erhaben! Was wäre denn das
so besonderes! Eine .. Liebe .. eine einfache natür-
liche Empfindung ... Ih Gott bewahre! So was
hätt'st Du ja schließlich mit jedem andern Frauenzimmer
gemein — und Hanna — Hanna muß doch was
Apartes haben. Hanna kann doch nicht ...

Eduard, (einfallend:) Siehste! Siehste! Da hast
es mit Deiner Selbständigkeit! Jawoll! hochnäsig! hochnäsig — und dabei kalt wie 'ne Hunde-
schnauze ... Da hast es!

Conrad: Und .. und .. ist das nun alles?

Hanna, (leise:) Nein. — — — Vor einem Jahr
etwa .. lernte ich einen Mann kennen. Der hat mich
zu einem ganz anderen Menschen gemacht. Er .. hat
mich .. nach und nach .. ganz umgestaltet. Ich habe
mich ihm mit Leib und Seele hingeben müssen. Er ..

Conrad (schlägt ein lautes Gelächter auf, aus dem er
allmählich in ein krankhaftes Weinen übergeht.)

Hanna, (ohne jemanden anzusehn, wie für sich, be-
kennend, fest:) Ich that, was ich mußte. Ich konnte
nicht anders.

Eduard (packt Sophie am Arm und schüttelt sie:) Hast

es gehört, Alte? Hast's gehört? Schämst Du Dich nicht? Es ist Deine Tochter!

Conrad: Betrügen! Mich zu betrügen, während ich .. während ich . . . Oh wie niedrig! . . . Also das war es! Das! Dazu die vielen klugen Worte! Weiß Gott, ja: Du hast viel Verstand! Du bringst es fertig, die größten Gemeinheiten vor Dir selber zu rechtfertigen! Das bringst Du fertig. (Rauh:) Wer is es? Wie heißt er? Kenn ich ihn?

Hanna: Nein.

Conrad: Na — was nich is, kann ja noch werden. Also, wie heißt er?

Hanna: Könitz .. Alexander Könitz.

Conrad: Und was is er?

Hanna, (zögernd:) Er .. er ist Chemiker.

Conrad: Chemiker? Chemiker. Nu ja .. aber, was, was heißt das? Wo arbeitet er denn? In welcher Fabrik, oder — — — He?

Hanna: Er hat .. selber eine .. Fabrik.

Conrad: Hat je .. ? Ja — brikbesitzer?! (Einen Augenblick sprachlos. Dann mit tollem, rohem Lachen, brutal:) Bravo! Vorzüglich! Fabrikbesitzer! Auch das noch! Also daher das viele Geld — verkauft hast Du Dich, richtig verkauft! Na ja —: Deinen Bräutigam hielten sie ja fest — der saß. Da bist Du — zu ihnen hingegangen und, und .. und hast Dir eine Mitgift verdient, Du .. (In sinnloser Wut auf sie los:) Du . . . (Er hebt die Hand gegen sie. Sie sieht ihn ruhig an. Er taumelt plötzlich. Kreischend:) Eduard! (Er fällt.)

Eduard (springt ihm bei und fängt ihn auf.)

Sophie, (losjammernd:) O Gott, o Gott, o . . .

Eduard: Wasser, Alte.

Sophie (läuft nach hinten ab.)

Hanna (hat bereits vom Tisch die Karaffe geholt und will sie ihrem Vater reichen:) Hier!

Eduard (stößt sie roh zurück:) Fort Du . . . (Er schlägt ihr die Karaffe aus der Hand, daß die auf der Erde zerschellt.)

Sophie (kommt mit dem Waschbecken und einem Handtuch. Weinerlich:) Ne, ne . . was er aber auch heute schon alles hat durchmachen müssen . . ne, ne . . (Sieht die Scherben:) Ach Gott, was is denn das nu wieder. (Sucht die Scherben zusammen.)

Eduard (legt Conrad ein nasses Handtuch auf die Stirn. Zwischen den Zähnen:) Armer Kerl! So'n Luder . . .

Hanna (hat sich zum Fortgehen angezogen, die Reise= tasche genommen. Leise, fast demütig:) Mutter, adieu . . .

Sophie (zittert, aber wendet sich nicht um.)

Hanna: Mutter . . .

Eduard: Hinaus mit Dir!

Sophie (wendet sich unwillkürlich nach Hanna um. Als diese sich aber nähern will, streckt sie beide Hände wie ab= wehrend gegen sie aus.)

Hanna, (in großem Schmerz:) Mutter!

Eduard: Er kommt zu sich! — Hinaus, sag ich!

Hanna, (tonlos, wie gedankenlos:) Hinaus. (Sie zuckt heftig zusammen und geht schnell rechts ab.)

Sophie (bricht, sobald Hanna die Thür zuschlägt, in ein bitterliches Weinen aus.)

Conrad, (zu sich kommend:) Hm, hm . . . Wer . . weint da?

Sophie: Ich . . .

Conrad: Wo . . wo ist . . Hanna?

Eduard, (ihn aufrichtend:) Fort. — Komm! Wir wollen nicht mehr an sie denken.

Conrad, (matt:) Doch — doch. Ich . . habe noch mit ihr . . abzurechnen.

(Vorhang.)

Zweiter Act

Scene: Hanna's Comptoir. — Durch große Glasschiebe-
thüren sieht man in den hinter dem Comptoir liegenden, sehr
tiefen Entresolraum, das Arbeitszimmer; und durch die bis zum
Boden hinabreichenden Entresolfenster des Hintergrundes hinaus auf die gegenüberliegenden Häuser der Straße. — Das
Comptoir ist ohne Eleganz, aber streng gediegen eingerichtet.
Rechts in der Ecke Schreibtisch und Geldschrank, links ein ledernes
Ecksofa mit Tisch. — Vorn ist es schon dunkel, rechts, über
dem Schreibtisch, brennt eine Gasflamme. Auch im Arbeitszimmer brennen schon einige Flammen, während es hinten an
den Fenstern noch hell ist.

Hanna (sitzt vorn rechts am Schreibtisch und arbeitet. Sie ist womöglich noch einfacher schwarz gekleidet als
im ersten Act. An den beiden langen, parallel von den Glasthüren zu den Fenstern laufenden Arbeitstischen sind einige zwanzig Arbeiterinnen verschiedenartig beschäftigt. Die Glasthüren
sind geschlossen.)

Freudenberg (tritt hinten links in den Arbeitsraum.
Bewegung unter den Mädchen. Er verbeugt sich wiederholt
mit parodistischer Höflichkeit und spricht dann mit dem einen
Mädchen. Die weist ihn an die Zuschneiderin. Er wendet sich
an diese.)

Die Zuschneiderin (legt die Arbeit nieder und kommt
nach vorn durch die Glasthür. Sobald die Glasthür — auch

im Folgenden — geöffnet wird, hört man gedämpfte Stimmen und den Lärm einiger Nähmaschinen.)

Hanna, (in ihre Arbeit vertieft, ohne aufzusehn:) Hm?

Die Zuschneiderin, (verlegen näher tretend:) Ach — Fräulein . . .

Hanna, (aufsehend, ruhig:) Nun?

Die Zuschneiderin: Ach, da ist der Herr von unten . . von der Weinstube . . der Hauswirt . . ich vergesse immer den Namen . . .

Hanna: Freudenberg heißt er. Freudenberg. Lassen Sie ihn eintreten.

Die Zuschneiderin (ab.)

Freudenberg, (mit Verbeugungen durch die Mitte:) Entschuldigen Sie, Fräulein Jagert . . guten Abend, guten Abend! Entschuldigen Sie gütigst: ich habe mir gedacht: Sie hätten schon Feierabend gemacht. Nein, was sind Sie für 'ne fleißige Frau . . verzeihen Sie: Fräulein, mein ich, Fräulein wollt' ich sagen . . entschuldigen Sie: Sie verstehn mich.

Hanna: Nun? — Sie bringen mir wohl den Kontrakt?

Freudenberg: Bring ich, jawohl, jawohl. Wollen Sie so gütig sein. (Reicht ihr einen Mietskontrakt.)

Hanna (nimmt ihn:) Setzen Sie sich, bitte.

Freudenberg: Danke sehr. Danke gehorsamst. (Setzt sich.)

Hanna (liest den Kontrakt durch:) Hm . . . . Nun ja . . . . „Mieter verpflichtet sich" . . .

Gründlich! Das kann man nicht anders sagen. Und dreizehn Paragraphen Hausordnung. Sind Sie ein — strenger Hausvater!

Freudenberg: Bitte sehr, bitte sehr —: die Dinger sind mal so gedruckt. Fix und fertig.

Hanna: Ja, ja. Daran liegt es. Also —: achthundert Mark. Viel Geld für die beiden Zimmer . . .

Freudenberg: Sagen Sie das nicht. Drei Zimmer sind es und eine Küche ist dabei und ein Hängeboden und . . was man alles braucht. Sagen Sie das nicht.

Hanna: Und drei Treppen. Aber das müssen Sie mir ganz fest versprechen, Herr Freuden= berg: wenn die zweite Etage jemals frei wird . . .

Freudenberg: Kein Anderer, wie Sie, Fräulein Jagert. Bei Gott: Sie sollen den Vorzug haben. Das sollen Sie!

Hanna: Denn sehen Sie: ich ziehe ja hier nur aus, weil ich diesen Raum noch für's Geschäft brauche und mich doch nicht auf die eine Dunkelkammer da beschränken kann. Aber ich will natürlich auch nicht zu weit vom Geschäft sein . . oder zu hoch darüber.

Freudenberg: Ja, ja, Fräulein Jagert: ich seh das ja vollständig ein. Ich werde sehn, ich werde sehn . . . Sie haben mein Wort!

Hanna (unterschreibt.)

Freudenberg: Fräulein Jagert?

Hanna: Herr Freudenberg?

Freudenberg: Darf ich Ihnen 'n neuen Witz erzählen?

Hanna: Nein! Hier nicht. Um Gottes= willen! Geben Sie das Nebenexemplar. Was denken Sie sich denn.

Freudenberg (giebt es ihr:) Fräulein Jagert, so wahr ich hier stehe: Sie werden's bereuen. Es wird ein Anderer kommen: er wird ihn erzählen und er wird ihn schlecht erzählen. Bei mir haben Sie 'ne Garantie. Fragen Sie den Herrn Doktor Könitz: der kennt mich. Er schätzt mich. Er wird Ihnen sagen . . .

Hanna: Hier! (Reicht ihm das Nebenexemplar.) Jawohl, Könitz liebt und schätzt Sie, aber . . .

Freudenberg: Der Herr Baron von Vernier nicht minder. Also bitte, erlauben Sie mir . . .

Hanna: Nein! Wenn wir mal wieder unten bei Ihnen sitzen. Uebrigens, fällt mir ein: von dem Léoville können Sie mir mal zehn Flaschen her= aufschicken.

Freudenberg: Was Sie sagen! Es ist nicht möglich! Der Leichtsinn!

Hanna: Nu, wenn Sie nicht wollen . . .

Freudenberg: Na nu ne: ich werde nich wollen! Aber Sie müssen verzeihn: es ist eine große Sache! Sie bestellen Wein bei mir, und was für'n Wein! Wenn ich offen sein soll: man sollte glauben, es wäre vor Ihrem Ende. Verzeihn Sie!

Hanna: So . . also für so geizig haben Sie mich gehalten.

Freudenberg: Geizig, was heißt geizig! Ist ein häßliches Wort für 'ne schöne Sache! Aber: „genau", Fräulein Jagert —: genau! Sie werden nicht leugnen, wenn ich sage, Sie sind genau. Nun: was nichts Genaues ist, das ist auch nichts Reelles. Sie bekommen noch heute den Wein. Kann ich vielleicht sonst noch was mitschicken?

Hanna: Nein: zehn Flaschen Léoville — „genau".

Freudenberg: Fräulein Jagert: machen Sie mich nicht unglücklich für's ganze Leben: nehmen Sie mir nicht übel, was ich gesagt habe. Genau, hab ich gesagt. Nun? Das ist ein großes Lob. So hat mein Vater zu meiner Mutter gesagt und wir Kinder durften dabei stehn.

Hanna: Gewiß. Das hat Ihrer Erziehung auch sicher nichts geschadet.

Eine Arbeiterin, (lang, blaß, dürr und dämlich, kommt ängstlich durch die Mitte. In weinerlichem Tone:) Ach, Fräulein . . .

Hanna: Was ist Ihnen denn?

Die Arbeiterin: Ach, ach . . ich hab in dem kleinen Plüschpaletot die Knopflöcher . . (Schluchzend:) in die Knopfseite geschnitten. Und der Stoff ist doch so teuer . . .

Hanna, (geschäftsmäßig, kühl, etwas ärgerlich:) Ja . . Sie wissen ja, das . . geht mich nichts an.

Die Arbeiterin, (flehentlich:) Ach Fräulein: ziehn Se's doch nur diesen Sonnabend nich ab. Wir brauchen's so furchtbar nötig!

Hanna (sieht sie an, lächelt flüchtig — dann ruhig:) Lassen Sie sich von der Zuschneiderin ein neues Knopfteil schneiden. Das verschnittene soll sie zu Aermeln verbrauchen. Aber sehen Sie sich in Zukunft vor.

Die Arbeiterin, (außer sich vor Dankbarkeit, aufatmend:) Ach Fräulein — ich danke Ihnen! (Ab.)

Hanna: Sehn Sie: den „Leichtsinn" begeh ich heute auch zum ersten Mal.

Freudenberg, (treuherzig:) Fräulein Jagert: haben Sie mir was übel genommen?

Hanna: Ich nehme Ihnen garnichts übel. Sie haben ja ganz recht. Diese ganzen zwei Jahre hab ich ja thatsächlich an nichts Anderes gedacht, als an den Profit und an's Sparen. Sie haben sich nur geirrt, wenn Sie geglaubt haben .. es wäre das so meine — eigentliche Natur. (Lächelnd:) O nein! Von heut an wird das anders! — Was machen Sie denn für'n Gesicht?

Freudenberg: Verzeihn Sie mir's Gesicht. Aber was meinen Sie, wenn Sie sagen: von heut an?

Hanna: Geschäftsgeheimnis.

Freudenberg: Nu — dann weiß ich.

Hanna: Sie wissen?

Freudenberg: Spaß!

Hanna: Na?

Freudenberg: Nu — Sie werden heiraten! Den Doktor oder den Herrn Baron. Ausgerechnet: einen von beiden.

Hanna, (verletzt:) So. — Ja, es scheint

.. Sie .. Sie erraten eben Alles mit Ihrem — natürlichen Zartgefühl.

Freudenberg: Nu sind Sie mir wieder böse?

Hanna: Nein. Das hätte keinen Reiz für mich. Aber .. ich muß Ihnen doch sagen: Sie irren sich diesmal. Es denkt niemand an's Heiraten. — Und nun entschuldigen Sie mich: ich habe noch zu thun.

Freudenberg: Nun — sehn Sie: Sie sind doch böse. Und Sie haben recht. Was red' ich von Heiraten! Sind wir nicht vorgeschrittene Menschen? Was braucht man zu heiraten? (Auf eine unwillige Bewegung Hanna's:) Ich geh schon, ich geh schon. Aber ich hab noch 'ne Mission. Gott, Fräulein Jagert: man bleibt so gern in Ihrer Näh'.

Hanna: Lassen Sie sich das Vergnügen nicht zu lang werden. Also: was ist das für 'ne — „Mission?"

Freudenberg (reibt sich die Hände:) Eine innere.

Hanna: Herr Freudenberg!

Freudenberg: Werden Sie nicht ungeduldig! Ich werd es kurz machen. Heute Nachmittag zwischen drei und vier kommt ein Herr, ein kleiner, alter Herr in die Weinstube. Man kann nicht wissen, ob er über hundert Jahre alt ist, aber ich gebe Ihnen mein Wort: achtzig ist er gewesen. Wie er mit dem Diner fertig ist, bestellt er sich eine Pommery, schiebt sich seine goldene Brille auf die Stirn und beginnt so vor sich hinzumurmeln, so .. wissen Sie, so halblaut. (Macht es nach.)

Hanna: Ja —

Freudenberg: Warten Sie nur. Also: so saß er nun da. Nach und nach gingen alle anderen Gäste weg. Er blieb sitzen — trank weiter. Wie er die erste Flasche leer hatte, bestellt' er sich 'ne neue, verstehn Sie: die zweite Pommery. Er ruft mich ran, schenkt mir ein Glas ein, und fragt mich nach dem Wetter. Darauf hab ich ihm nach meiner ehrlichen Ueberzeugung die volle Wahrheit gesagt. Aber auf einmal fragt er mich: sagen Sie mal —: was ist das eigentlich für 'ne „Person", die hier über Ihnen „den Kleiderhandel betreibt?" Wissen Sie, das sagt er so recht .. so recht .. nu: als ob man nicht mit Kleider handeln dürfte.

Hanna: Na, was wollt' er denn?

Freudenberg: Ausforschen wollt' er mich! Ausforschen! Na — da kam er an den rechten. Wie 'n Erbbegräbnis — stumm! Mein Herr, sagte ich, wenn Sie irgend etwas zu wünschen wissen oder zu wissen wünschen über .. über das von mir auf das Höchste verehrte Fräulein Jagert — bitte sehr: bemühen Sie sich gütigst eine Treppe höher und fragen Sie sie gefälligst selber. Von mir erfahren Sie nichts. — Und wenn ganz Berlin über sie klatscht — mein Mund bleibt rein. Sie ist mein Gast — und zahlt mir die Miete von zwei Etagen!

Hanna: Na, war er damit zufrieden?

Freudenberg: Ih Gott bewahre! —: „Nun, schön: ich werde hinaufsteigen!" Wie 'ne Drohung, wissen Sie, so: „Ich werde hinaufsteigen!" Zu drollig, sag ich Ihnen. Dabei trank er immer weiter. Er kam mir vor wie einer, der sich mildernde Umstände antrinkt. — Nu hatt ich Ihnen doch versprochen .. von wegen dem Kontrakt. Ich sage also: mein Herr, sag ich: darf ich Sie bei Fräulein Jagert anmelden? Ich gehe jetzt hinauf. „Ja! das können Sie thun!" — Nun wollt ich doch gern den Namen wissen' — aber ne! —: „Sagen Sie nur, ein alter Mann — muß mit ihr sprechen". Na! Also, Fräulein Jagert: „Ein alter Mann muß mit Ihnen sprechen!"

Hanna: Achtzig sagen Sie?

Freudenberg: Mindestens! Klein, rote Nase, goldene Brille. Besondere Kennzeichen: trinkt Pommery und trägt Brillanten — so groß!

Hanna: Aber wer kann denn das sein? Sie haben mich nun glücklich ganz neugierig gemacht. Und nun lassen Sie den alten Herrn da unten warten? Ich lasse bitten.

Freudenberg: Ja, wissen Sie, Fräulein Jagert! Wenn ich sage: ich bin gern in Ihrer Nähe — so sag ich die reine Wahrheit. Aber zugleich, wenn ich bei Ihnen ein bischen länger geblieben bin — hab ich mir gedacht: wird sich der alte Herr da unten — noch die dritte Flasche Pommery bestellen!

Hanna: Na nu aber . . .

Freudenberg: Ich geh schon. Ich schick ihn herauf. Adieu, leben Sie wohl. Leben Sie wohl. Verzeihn Sie mir! (Durch die Mitte ab. Man hört die Mädchen verstohlen lachen.)

Hanna   (schüttelt lächelnd den Kopf, schraubt die Gasflamme etwas in die Höhe und beugt sich wieder über ihre Arbeit.)

Die Zuschneiderin (tritt schüchtern ein:) Hm . . .
Ach . . Fräulein . . ach bitte entschuldigen Sie einen
Augenblick . . .

Hanna (wendet sich zu ihr.)

Die Zuschneiderin: Ich . . ich . . von dem Stück
Double krieg' ich, nach dem neuen Modell, „Doppel=
stern" absolut nicht heraus! Wenigstens nicht die
Siebzehn, wie Fräulein sagten.

Hanna: Na nu. Ich bitte Sie . .
wie viel Meter hat denn dies Stück?

Die Zuschneiderin: Vierzig.

Hanna: Na — aber das begreif ich
nicht. Und doch dieselbe Breite, wie die andern. Das
muß ja gehn.

Die Zuschneiderin, (achselzuckend:) Tja! Ich habe
alles ausprobiert.

Hanna: Bringen Sie's mir rein.

Die Zuschneiderin (ab.)

Hanna, (wieder über der Arbeit.)

Die Zuschneiderin (kommt mit dem Stück und den
Mustern zurück und bleibt zweifelnd stehn.)

Hanna, (ohne aufzusehn:) Da drüben.
Gleich.

Die Zuschneiderin (legt das Zeug links auf den
Tisch vor dem Ecksofa.)

Hanna (geht nach links, legt die Muster
auf, probiert einige Male — dann ruhig:) So.

Die Zuschneiderin, (höchst verlegen, kleinlaut:) Ach
ja. So geht es. Entschuldigen Sie nur die Stö=
rung . . .

4*

Hanna (geht wieder nach rechts. — Währenddem ist hinten im Arbeitsraum der alte Freiherr von Vernier von links eingetreten. Alle Mädchen staunen ihn an. Unbeholfen kommt er nach vorn. Von einem der Mädchen wird ihm die Glasthür geöffnet, sodaß er der mit dem Stück Stoff abgehenden Zuschneiderin begegnet.)

Die Zuschneiderin (stößt einen leisen Schrei aus:) Ach . .

Der alte Vernier, (ein kleiner, achtzigjähriger Greis mit vollem, schneeweißen Haar. Sein weingerötetes Gesicht verrät große geistige Beweglichkeit. Er trägt eine goldne Brille mit großen runden Gläsern. Er verbeugt sich vor der Zuschneiderin:) Da hätt ich also wohl den Vorzug mit dem Fräulein Hanna Jagert . . .

Die Zuschneiderin, (sehr verlegen:) Nein — da . . . (Ab.)

Hanna (steht rechts:) Ich heiße Jagert.

Der alte Vernier: So, so. Das ist sie. Hm. (Tritt der verwunderten Hanna näher:) So, so. — Nun, da . . muß ich mich Ihnen vorstellen. — Ich heiße Vernier. Ja. Ich bin der Großonkel des Freiherrn Friedrich Bernhard von Vernier. Der dürfte Ihnen ja wohl bekannt sein.

Hanna, (freudig überrascht:) Ach! — Ja, o ja: der ist mir recht gut bekannt . . recht gut.

Der alte Vernier (nickt:) „Recht gut".

Hanna: Er ist ja ein Freund des Doktor Könitz. Aber das freut mich sehr, Sie kennen zu lernen, Herr Baron! Er . . hat mir schon soviel von Ihnen erzählt. (Nach links hinübergehend:) Darf ich Sie bitten, Platz zu nehmen.

Der alte Vernier, (in drollig unwirschem Ton:) Danke
.. danke sehr. Wenn Sie gestatten .. möchte ich
noch wachsen.

Hanna: Aber! Hier im Entresol? Bitte.

Der alte Vernier: Bitte sehr! Bitte sehr! Bleiben
wir ernst.

Hanna, (befremdet:) Ja .. wie ...

Der alte Vernier: Bleiben wir ernst, mein Fräu=
lein! Ist es mir erlaubt, einige Fragen an Sie zu
richten?

Hanna: Bitte.

Der alte Vernier: Ihr Herr Vater war ja wohl
Maurer?

Hanna, (erstaunt:) Ja — er ist auch
jetzt noch — Mauerpolier.

Der alte Vernier: Mauerpolier — so, so. Und
Ihr Herr Großvater, wenn ich fragen darf? Was
war der?

Hanna: Das weiß ich nicht.

Der alte Vernier: Sehen Sie! Das wissen Sie
nicht. Das wissen Sie nicht! Ich hab es mir ge=
dacht. — Hm. Nun — Fräulein Jagert: Sie sind
ja wohl sehr — modern, nicht wahr?

Hanna, (nachdenklich:) Modern?

Der alte Vernier: Modern — jawohl. Und ich
zweifle nicht daran, daß Sie mit großer Geringschätzung
auf einen Mann herabzusehn gelernt haben, der den
Stand, dem er die Ehre hat, anzugehören, hochzu=
halten gesonnen ist. Trotzdem halte ich mich in die=
sem Augenblicke zu dieser Hochhaltung in dem Grade

für berechtigt, als ich mir bewußt bin, meinerseits diesen Stand nie durch Anmaßung oder Ueberhebung entehrt zu haben. — Wissen Sie, wie alt das Geschlecht der Vernier's ist? —

Hanna, (überrascht, lächelnd:) Nein, Herr Baron. Aber . . nach Ihnen zu urtheilen . . . (Hält inne.)

Der alte Vernier: Wie?

Hanna: Nun, ich meine: ich glaube wohl, daß es schon ziemlich alt ist. Aber bitte, es interessiert mich sehr, Genaueres darüber zu erfahren. Einen Augenblick! (Sie zieht eine dunkle Portière vor die Glasthür:) So. Bitte.

Der alte Vernier: Die Traditionen unserer Fa= milie erstrecken sich zurück bis auf das Jahr Neun= hundert und achtzig.

Hanna: Nach Christi Geburt.

Der alte Vernier: Ja. — Aber sagen Sie —: ich kann mir kaum denken, daß Sie das wirklich interessiert . . .

Hanna: Doch, o doch . . bitte, Herr Baron! Ihr . . Herr Großneffe spricht darüber garnicht. Sie wissen ja, er hat immer seine künstlerischen In= teressen. Wir haben ihn grade danach schon oft ver= gebens gefragt.

Der alte Vernier: Hm. So. Nun . . unsere Fa= milie stammt aus Poitou, dem alten französischen Her= zogtum am atlantischen Ocean. Die erste verbürgte Ueberlieferung datiert von dem Jahre Zwölfhundert und achtzig. Von diesem Jahre Zwölfhundert und

achtzig an spielen die Vernier's als Marquis, nach
dem Rechte der Erstgeburt in ununterbrochener Stamm=
reihe, in der Geschichte Frankreich's ihre ehrenvolle
Rolle. „Marchiones" heißen sie in den älteren Ur=
kunden.

Hanna, (freundlich:) So? Aber Herr
Baron, wollen Sie sich nicht doch lieber setzen? Die
Geschichte Ihrer Familie reicht so weit zurück — bitte!

Der alte Vernier: Ja, es ist wohl besser.
Danke. (Setzt sich links in die Sofaecke:) Hm. Also —
im Jahre Sechszehnhundert fünfundachtzig ist dann
Erneste Olivier de Vernier in's Fürstentum Lüneburg
eingewandert. Die ältere Hauptlinie in Frankreich ist
vor kurzem erloschen — sodaß nunmehr ich und mein
Großneffe Friedrich Bernhard die letzten und einzigen
Träger des Namens Vernier sind. Verstehen Sie?

Hanna: Ich .. glaube.

Der alte Vernier: Aber: verstehen Sie auch:
was das heißt? Was für eine Verantwortung ....
Entschuldigen Sie Fräulein Jagert, aber ich denke mir:
Sie können das garnicht verstehen. Ich .. muß es
Ihnen erklären. — Hm. Also — seit wir im Han=
noverschen ansässig geworden sind — Sie .. wissen
wohl, daß wir Westernach in Familienbesitz haben —
seitdem haben fast durchgängig von Generation zu Ge=
neration zwei Brüder das Geschlecht — wie soll ich
sagen — vertreten. „Die beiden Vernier's" — wie wir
seit einem Jahrhundert und länger am Hofe der Welfen
genannt wurden. Von den beiden war gewöhnlich
der eine der praktische Stammhalter, der sich verheira=

tete und das Gut übernahm. Der andere pflegte darauf zu verzichten .. sei es aus brüderlicher Gesinnung .. sei es aus innerem Beruf .. so wie ich.

Hanna: Sie haben .. aus innerem Beruf ..

Der alte Vernier: Allerdings. Ja. Es hat unter den Vernier's immer solche gegeben, die in irgend einer gelehrten oder künstlerischen Liebhaberei ihre Befriedigung fanden und darin aufgingen. — Auch bin ich übrigens den Frauenzimmern niemals possierlich genug gewesen. — Hm. Also — in unserem Falle war es eben mein Bruder Ernst, der .. zwei ganz prächtige Jungen hatte. Soweit ging alles, wie es sollte. Da kam .. der siebenundzwanzigste Juni Achtzehnhundert sechsundsechzig. An diesem Tage schossen die Preußen die beiden jungen Vernier's tot. — — Wir beiden Alten blieben zurück. — Außer uns eine totkranke Witwe und ein kleiner dreijähriger Junge. Das war der Bernhard. Na und den (Mit komischem Ingrimm:) .. nun ja: den kennen Sie ja wohl, Fräulein Jagert — wie? Sagten Sie nicht: Sie kennten ihn — „recht gut"?

Hanna, (befremdet, kühl:) Ja, Herr Baron. Und zwar sagte ich Ihnen schon: daß er der Freund meines Freundes, des Doktor Könitz wäre. Wir sind oft zusammen — mit ihm.

Der alte Vernier: So, so. Na. — Jedenfalls: Sie werden ja nun wohl verstehn .. was ich vorhin .. andeutete. Wie? Mein Großneffe Friedrich Bernhard ist der letzte ... An ihm ist es, seine Familie

milie fortzu .. pflanzen. Verstehn Sie mich, Fräulein
Jagert? —

Hanna, (verlegen:) Ja .. das wird
er ja wohl auch thun.

Der alte Vernier: Wie? Ja, es liegt mir da=
ran, Fräulein Jagert, mich Ihnen ganz verständlich
zu machen. Bloß darum bin ich so ausführlich. Sehn
Sie: mein Bruder Ernst starb den Winter Sechsund=
sechzig. Konnt's ihm nicht verdenken. — Ueber die
Söhne haben wir nicht wieder zusammen gesprochen.
Wohl aber über den kleinen Enkel .. den Bernhard.
(Schweigt.)

Hanna, (warm, leise:) Herr Baron:
er — hat Sie ja auch sehr lieb.

Der alte Vernier: So, so. Hm. — Sie sind
sehr gütig, Fräulein Jagert, sehr gütig. Aber bitte,
wollen wir nicht mehr von mir reden. Wir sind
jetzt zwei bis drei Generationen weiter, eben .. beim
Bernhard. — Sehn Sie: einen Beruf gab es nicht für
ihn .. ich hätte auswandern müssen. Und außerdem:
er selber.. 's ist ein sensitiver Junge, bei dem der
Hang im äußerlichen Leben was zu bedeuten oder was
zu wirken, kaum vorhanden ist.

Hanna: Und darauf nahmen Sie
Rücksicht?

Der alte Vernier: Ja. Das wundert Sie
wohl?

Hanna: O, von Ihnen nicht, Herr
Baron, aber ich denke mir, daß so etwas immerhin
selten ist .. in adligen Familien.

Der alte Vernier: Was wir Adel nennen, mein Fräulein, unterscheidet sich vielleicht nicht unwesent= lich von dem, was .. Sie sich darunter vorstellen. Denn, Fräulein Jagert —: der Mensch .. fängt allerdings erst mit dem Baron an. Aber: der Baron wird nicht als Mensch geboren — er muß dazu thun.

Hanna, (unwillkürlich:) O! Das ist schön!

Der alte Vernier: Was .. was ist schön?

Hanna: Was Sie da sagen. (Lächelnd:) Ach, Herr Baron, bitte, halten Sie mich nur nicht für einen Demokraten.

Der alte Vernier: Nicht für .. ja, aber Fräu= lein Jagert! Ist denn die Demokratie nicht — mo= dern?

Hanna: Modern? Ach pfui!

Der alte Vernier, (eifrig:) „Ach pfui" — bravo! Modern — ist der Pöbel! — Aber, Fräulein, Fräulein Jagert: wie, wie kommen Sie mir denn eigentlich vor?

Hanna, (lächelnd:) Ja — ich weiß nicht. Es scheint mir nur: Sie sind nicht gerade zu mir gekommen, um eine — Uebereinstimmung unserer Ansichten zu .. zu konstatieren — wie? (Während der letzten Worte hört man aus dem Arbeitsraum lauteres Sprechen und Lachen. Hanna, plötzlich sich erinnernd:) Ach! Es ist ja wahr! (Zieht ihre Uhr:) Entschuldigen Sie, Herr Baron: es ist Sieben durch: meine Damen wollen gehen. Sie werden schon ungeduldig. (Zur Glasthür gehend:)

Einen Augenblick. (Sie öffnet die Thür. Hinaussprechend:)
Meine Damen — Feierabend. Fräulein Schwarz, Sie
lassen wohl die fertigen Sachen nach dem Lagerraum
schaffen. Ich werde Ihnen Friedrich vorschicken. (Sie
geht nach links und klingelt.)

Die Zuschneiderin, (durch die Mitte, nur halb ein=
tretend:) Ach, Fräulein: die, die Maschinennäherin, die
Sie heute morgen engagiert haben .. kommt die schon
morgen?

Hanna: Ja.

Die Zuschneiderin, (im Abgehn:) Wegen dem Zu=
schneiden. (Ab. Draußen etwas Lärm, Thürschlagen.)

Der Hausdiener,   (von links.)

Hanna: Friedrich, lassen Sie sich die
Sachen von Fräulein Schwarz geben. Die müssen heute
noch verpackt werden. Dieselbe Adresse. London.

Der Hausdiener,   (nach hinten ab.)

Hanna,   (in Gedanken:) Was .. n ..
Ach ja! (Nach hinten, ruft hinaus:) Fräulein Schwarz,
noch eins: sagen Sie doch bitte Ihrem Vater, daß er
morgen Nachmittag mal heran kommt. Ich will doch
zum Ersten die Möbel fertig haben. Vergessen Sie's
nicht — nein?

Die Zuschneiderin, (von außen:) Können sich drauf
verlassen, Fräulein.

Hanna: Also, Adieu, meine Damen!
Viele Stimmen: Adieu, Fräulein, adieu . . .
Hanna   (entfernt sich von der Thür.)
Die Arbeiterin,   (welche die Knopflöcher in die
Knopfseite geschnitten hatte, steckt den Kopf durch die Thür:)

Fräulein: ich danke Ihnen auch noch vielmals! (Verschwindet wieder, eh' Hanna sich zu ihr umgedreht hat.)

Hanna: Bitte sehr.

Der Hausdiener (kommt wieder durch die Mitte mit einem großen Arm voll Kindergarderobe und geht links ab.)

Hanna: Also heute noch!

Der Hausdiener, (im Abgehn:) Jawoll!
(Das letztere ist alles sehr schnell gesprochen. Der alte Vernier ist allen Bewegungen Hanna's mit Spannung gefolgt. Schüttelt mit dem Kopf.)

Hanna: Verzeihen Sie, Herr von Vernier, jetzt steh ich wieder zur Verfügung.

Der alte Vernier: Schrecklich! Schrecklich! Schrecklich! Und Sie wollen nicht — modern sein? Diese .. diese Hast, dieses: hä = hä = hä ... (Ahmt die schnellen, haftigen Bewegungen nach.) Ueberhaupt dies Berlin! Diese plebejische Outrance mit der hier gearbeitet wird. Man sollte meinen, sie bildeten sich noch was drauf ein, daß sie sich für andre zu schanden quälen müssen! Schrecklich! — Wie der Junge das aushält! Das so immer mit anzusehn! (Hanna anschauend:) Ich meine den Bernhard.

Hanna: Ja. Das dacht ich mir.

Der alte Vernier: So, so. — Nun? Sie wundern sich aber wohl nicht, daß er's bei Ihnen .. hier in Berlin .. aushält — wie?

Hanna: Nein. Das kann ich nicht sagen. Er hat hier so viel ..

Der alte Vernier: So, so. Das können Sie

nicht sagen. Das können Sie nicht sagen! Sehr gut!
Sehr gut! Sehr gut!

Hanna,   (ernsthaft:) Herr Baron, ich
.. muß Sie nun doch .. höflichst bitten .. mir den
Zweck Ihres Besuches .. was Sie eigentlich von mir
wünschen — zu verraten. Ich habe keine Neigung,
mir .. weiter Dinge anzuhören, die ich .. mir be-
liebig als .. als Beleidigungen deuten kann.

Der alte Vernier,   (sich erhebend, ebenfalls sehr ernsthaft:) Fräulein Jagert! Der Junge soll sich nicht
verplempern! Verstehn Sie? Das will ich. Das
will ich.

Hanna,   (in Wut, aber sich beherrschend:
So! Und — da kommen Sie zu mir. Zu mir!
Was wollen Sie bei mir?!

Der alte Vernier: Ich weiß nur zu gut, von
ihm selber, wie — es um ihn steht. Seit er an mich
seinen ersten kindischen Brief geschrieben hat .. hat er
mir immer alles vertraut, was ihn bewegte. Er —

Hanna,   (ihn unterbrechend, mit schnei-
dendem Hohn:) Ah! Jetzt versteh' ich Sie! Endlich!
Nicht wahr: Sie sind zu mir gekommen, um mir —
die Liebe Ihres Großneffen zu gestehn! Wie?

Der alte Vernier, (verletzt:) Fräulein Jagert...

Hanna,   (leidenschaftlich; ihm wieder das
Wort abschneidend:) Gewiß! Gewiß! Natürlich! Etwas
Anderes kann es ja gar nicht sein. Denn bis auf
den heutigen Tag, ist zwischen Ihrem Großneffen und
mir kein Wort gefallen, kein Wort, .. mit dem er

sich hätte „verplempern" können! Bis auf den heutigen Tag haben wir uns nicht ein einziges Mal unter vier Augen gesprochen, sind wir immer nur im Gegenwart Alexanders zusammen gewesen, des Doktor Köniß, meines Freundes, dem ich viel zu verpflichtet bin, als daß . . und wenn Ihnen Ihr Großneffe et= was Anderes geschrieben hat, was ich mir aber gar= nicht denken kann — so hat er einfach gelogen, einfach gelogen!

(Pause.)

Der alte Vernier: Mein Fräulein: Ihre Vor= liebe für die starken Worte ist vielleicht ebenfalls sehr modern und daher mag es kommen, daß sie mir nicht gefällt.

Hanna: Herr Baron: Sie sprachen von „Verplempern". Und das ist doch wohl auch so ein Wort.

Der alte Vernier: Ja. Aber — das ist auch so 'ne Sache! — Na: aber gut. Jedenfalls kann ich Ihnen versichern, daß mein Großneffe in einem Briefe an mich, weder einfach noch doppelt lügt. Ae —! Häßlich, Fräulein Jagert! Häßlich, sowas zu sagen. Denken Sie, bedenken Sie: diese Briefe von Bernhard sind für mich, in meiner Einsamkeit meine Familie, meine Familie. Und ich halte was auf meine Familie.

Hanna: Herr von Vernier: ich sagte ja, daß ich es mir nicht denken könnte. Aber — was hat er Ihnen denn . . (Sie stockt. Pause.)

Der alte Vernier: Hm? — Ja, das .. das
dürfte Sie ja dann wohl kaum noch interessieren. Wenn
Sie sich dem Doktor Könitz so verpflichtet fühlen
... Hm. — Aber das freut mich, das freut mich
wirklich. Der Junge hat mir also offenbar nicht einmal
etwas verschwiegen. Das hatt ich nämlich doch
geglaubt. Wie er so über Sie .. und von Ihnen
schrieb .. in jedem Briefe .. da ergänzt' ich mir das
so nach meiner — Menschenkenntnis. — Hm. Aber
.. Fräulein Jagert — entschuldigen Sie: es ist das
ja auch eine gewisse Grobheit — aber: Sie machen
nun eigentlich einen ganz guten Eindruck. Sie sind,
was man so sagt — eine ordentliche Person.

Hanna (lacht und seufzt dann.)

Der alte Vernier: Lachen Sie nicht, Fräulein
Jagert: das ist mein Ernst. Na .. und was Anderes
hat vielleicht der Bernhard auch nicht gemeint .. in
seinen Briefen an mich.

Hanna: Wahrscheinlich. (Halblaut, bitter:) Was denn sonst?

Der alte Vernier, (kopfnickend, wie um sich selbst
dabei zu beruhigen:) Ja .. ja .. ich denke .. ich denke.
Freilich .. nun ja .. aber in seinen Ausdrücken war
er immer .. schon als Kind so .. so extravagant.
Also .. (Er unterbricht sich, geht auf Hanna los und reicht
ihr die Hand:) Nein, das freut mich aber wirklich, wirklich! (Klopft mit der Linken auf Hanna's Rechte:) Von Herzen! Von Herzen! Und wenn ich fragen darf: Ihr
Geschäft .. ich meine, dieser .. Kleiderhandel, oder
was es ist .. es geht doch ganz gut? Wie?

Hanna, (zerstreut:) O ja, danke . . .

Der alte Vernier: Hm. Wunderbar! Zu meiner Zeit gab's das garnicht. Sie sind also wirklich . . richtig . . selbständig — wie?

Hanna: Ja. Ich habe Glück gehabt. Früher, als ich dachte, bin ich in die Lage gekommen, das Geld, das ich natürlich für den Anfang brauchte, zurückzuzahlen. Grad heute — befrei' ich mich von dem Rest.

Der alte Vernier (sieht sie groß an:) Hm. Wie gesagt. Wunderbar! Ich kann offenbar ganz beruhigt sein. Famos.

Hanna, (innerlich verletzt, in kaltem, spöttischen Ton:) Allerdings. Sie können ganz beruhigt sein, Herr von Vernier. Denn . . obgleich ich nun durch Ihre Liebenswürdigkeit die ruhmreiche Vorgeschichte der Familie Vernier kennen gelernt habe . . dürfen Sie trotzdem versichert sein, daß mir nichts — nichts ferner liegt, als der Ehrgeiz, Freifrau von Vernier zu werden! Nehmen Sie mir das nicht übel!

Der alte Vernier (bricht in ein behagliches Lachen aus:) Sehr gut! Sehr gut! Wie Sie das so sagen — famos! Wenn der Junge das hörte. Müssen ihm mal sowas sagen . . haha! — Na jedenfalls: seine Schwärmerei beruht nicht auf Gegenseitigkeit: und das genügt mir. Denn das seh ich ja: anders hat es keine Gefahr — bei Ihnen.

Hanna, (bitter:) Offenbar!

Der alte Vernier: Ach ich kann Ihnen garnicht

sagen, wie vergnügt mich das macht! Ja! Kommen
Sie, Fräulein, kommen Sie mit mir herunter in die
Weinstube: wir trinken noch ein Glas zusammen . .
zur Versöhnung . . und dann, reis' ich vergnügt wieder
ab. Kommen Sie, thun Sie mir den Gefallen, mein
liebes . . .

Alexander Köniz (wickelt sich während der letzten
Worte schwerfällig aus den Portieren heraus. Er trägt in
jedem Arm ein in Papier geschlagenes Packet und kann daher
nur mit den Ellbogen die Portieren auseinander schieben. Er
ist ein Mann von sechsunddreißig Jahren, etwas stark und
schwerfällig, hinkt leicht mit dem rechten Bein. In Mantel und
Schlapphut. Trocken:) Guten Abend! (Hanna und der alte
Vernier wenden sich plötzlich überrascht zu ihm um.)

Hanna: Ah . . Du. Guten Abend.
Hab Dich gar nicht kommen hören. (Vorstellend:) Herr
Doktor Köniz — Herr von Vernier: der Großonkel
unseres Freundes.

Alexander: Ah — Bernhard's Onkel?
Freut mich sehr, Herr Baron. Einen Augenblick . .
erst mal . . . (Legt die beiden Packete links auf den Schreibtisch.) So. (Geht auf Vernier los und reicht ihm beide
Hände:) Das ist recht! Das ist recht, lieber Herr
Baron, daß Sie mal nach Berlin gekommen sind!
Wird sich der Bernhard gefreut haben! Und wir
thun's auch, was? (Reicht Hanna die linke Hand und schüttelt sie.) Bitte! (Fordert Vernier zum Sitzen auf und setzt
sich selber, dann auch Hanna.)

Der alte Vernier, (etwas verdutzt, schweigt.)

Alexander: Hm? — Bitte! Nach Feier-
abend ist das hier erlaubt. (Bietet ihm sein Etui an, Ver-

nier nimmt eine Cigarre. Indem er ihm Feuer giebt:) Das
ist übrigens sehr .. sehr liebenswürdig von Ihnen, Herr
Baron .. daß Sie sich auch hierher, zu Fräulein Jagert
bemüht haben. Hm. Ich kann mir denken, daß Bern=
hard Ihnen — aber wo steckt er denn? (Sieht beide an:)
Wo steckt er denn? Er läßt Sie allein? Wo treffen
Sie sich denn? Ach, wohl unten? Ich hörte vorhin,
wie ich eintrat, sowas von heruntergehn — wie? (Pause.
Vernier, wie Hanna, setzen zum Sprechen an, verstummen aber.)
Ja, was ist denn?

Der alte Vernier: Herr Doktor: ich sitze so, wie
Sie wohl wissen, so ganz allein da auf Westernach ..
und da sind mir die ausführlichen und lieben Briefe
von Bernhard fast die einzige, jedenfalls · die liebste
Zerstreuung und Unterhaltung. Nun hat er mir schon
seit über einem Jahre immer so viel von Fräulein ..
hier .. von Fräulein Jagert vorgeschwärmt daß ich ..
daß ich mir eines schönen Tages sagte: Du solltest
doch selber noch mal nach Berlin fahren und auf Deine
alten Tage die Bekanntschaft der .. der .. des Fräu=
leins machen. Na — und das hab' ich denn auch
ausgeführt, wie Sie sehn und .. und ich bereue es
auch garnicht .. nein, nein! Ich habe mich wirklich
aufrichtig gefreut ... Ja. — Gott, Herr Doktor, man
hat ja auf dem Lande so falsche Vorstellungen ...

Alexander: Ja — aber, entschuldigen
Sie, was hat das mit Bernhard ...

Der alte Vernier, (lebhaft:) Nein! Nein! Nein!
Sagen Sie ihm nichts! Sagen Sie ihm lieber gar=
nichts! Ich hab' mich blamiert .. nun ja, ich will's

zugeben. Aber du lieber Gott: wenn ich dadurch etwas
von Bernhard's Liebe und Vertrauen einbüßen müßte ..
das wäre zu hart! Sehen Sie: die paar Jahre, die ich
noch leben möchte .. Bernhard .. (Er stockt, mit seiner
Rührung kämpfend.)

Alexander, (gedämpft zu Hanna:) Also Bern=
hard weiß garnichts .. ?

Hanna (schüttelt den Kopf.)

Der alte Vernier: Nein: er weiß nichts davon.
Er weiß nichts davon ...

Alexander (faßt sich nachdenkend an die
Stirn:) Ja, aber ...

Der alte Vernier: Ich sehe ja, ich sehe ja: ich
.. ich müßte Sie alle drei .. alle drei um Verzeih=
ung bitten. Ich hatte mir das ja alles so ganz anders
ausgemalt, ich wußte ja das Alles nicht so .. ich
wußte vor allen Dingen garnichts davon, daß Fräulein
Jagert Ihnen so .. so verpflichtet ist .. und ...

Alexander (fährt bei dem Worte „verpflich=
tet" heftig zusammen.) Hm?!

Der alte Vernier (hält verdutzt inne.)

Alexander (steht auf und geht nach rechts.
Tiefinnerlich:) Ach so .. ach so ...

Hanna, (leise, im Tone des Vorwurf's:)
Aber — Herr Baron, wie können Sie ...

Alexander (bezwingt sich, höflich:) Par=
don! Aber das ... Freilich: wenn sich Fräulein Jagert
mir so „verpflichtet" fühlt — so muß ich ihr dafür
natürlich sehr „verbunden" sein. — Also Sie fürchte=

5*

ten nach Bernhard's Briefen . . . Hm. — (Zu Hanna:)
Und das war dann Deine Antwort?

Hanna, (sehr verwirrt, leise:) Das . . ich habe
nur . . Herrn von Vernier zu beruhigen, mich an das
Aeußerliche gehalten. Man . . man spricht doch nicht
gern von seinen . . innersten Gefühlen.

Alexander: Nein. Du hast recht. (Nach einem
langen Blick auf Hanna, mit tiefem Mitleid:) Arme Hanna! —

Hanna   (senkt den Blick.)

(Pause.)

Alexander, (bitter:) Aber Sie sind doch nun auch
beruhigt, Herr Baron — nicht wahr? Es war nichts!

Der alte Vernier: Lieber Herr Doktor Köniß:
sein Sie mir nicht böse. Mir scheint: ich bin hier
wohl ein rechter Störenfried geworden. Ich kann mich
so garnicht . . wie gesagt . . so garnicht . . hereinfinden.
Tolpatschig bin ich drauf losgefahren, weil ich . . nun
ja . . das Einzige, was mir noch am Herzen liegt, ist
ja nun mal . . der Junge. Und nun . . nun sitz ich
hier. Sehn Sie: Zeit meines Lebens, Zeit meines
Lebens hat mir mein Temperament solche Streiche gespielt. Nachher, so wie zum Beispiel jetzt, da seh'
ich's ja ein. (Seufzend:) Ich wäre wirklich besser zu
Hause geblieben. Ja! (Steht auf und faßt erst Alexander's,
dann auch Hanna's Rechte:) Aber nehmen Sie's mir nicht
übel! — Sie auch nicht, Fräulein! Sie auch nicht! —
Ich . . will nun wieder dahin . . wo ich hingehöre,

nach Westernach .. in die Nähe unseres Familienbe=
gräbnisses. — Leben Sie wohl. Alle beide .. zusam=
men. — — Meine Sachen hatt' ich wohl .. ach ganz
richtig: die hatt' ich ja unten gelassen. Also nochmals:
Adieu .. Adieu .. (Halb schon draußen:) Und sagen
Sie dem Jungen lieber nichts! Blamieren Sie mich
nicht. Danke sehr! Das kann ich noch selber.

Hanna   (hat ein Licht angezündet und begleitet
ihn durch den Arbeitsraum.)

Alexander   (bleibt allein zurück. Er preßt beide
Hände gegen die Stirn und steht einige Augenblicke in
heftigster Erregung zitternd da — —:) „Verpflichtet!"
Oh . . .

Hanna   (kommt zurück, man hört ihre Schritte.)

Alexander   (beherrscht sich wie mit einem plötzlichen
Ruck und geht nach links.)

Hanna   (tritt wieder ein und geht nach rechts
zum Schreibtisch. Im Folgenden vermeiden beide, auch beim
Sprechen, sich anzusehen.)

Alexander, (während er sich seine Cigarre wieder
ansteckt, im gleichgiltigsten Tone:) Was haben wir denn
eigentlich heute? Freitag!

Hanna,   (gleichzeitig:) Freitag.

Alexander, (fortfahrend:) Da hat doch Vernier
seinen Malerstammtisch .. drüben im Hofbräu. Wenn
der wüßte, wie nah ihm sein Onkel! —

Hanna,   (mit den Packeten beschäftigt:) Was
hast Du denn hier mitgebracht?

Alexander: Was .. ach so. Nichts weiter ..
die beiden Bronzen, die Dir neulich so gefielen. (Setzt sich.)

Ich dachte mir, die würden vielleicht irgendwie in Deine neue, fürstliche Einrichtung passen .. so in irgend 'ne Ecke.

Hanna (wickelt die Bronzen aus:) Ah — die. (Erfreut:) Ach, das ist aber nett von Dir!

Alexander: Ja .. ja. (Murmelnd:) Man muß sich bei Zeiten sein Denkmal setzen.

Hanna: Wie?

Alexander: Nichts, nichts. — Du, Hanna, ich habe einen Brief von unserem Attentäter.

Hanna, (lebhaft:) Von Conrad! Ach! Was schreibt er denn? Woher denn?

Alexander: Aus New=York. Aber er wird jetzt schon nach London unterwegs sein. Er schreibt wenig=stens —— (Nimmt den Brief aus seiner Brieftasche.)

Hanna, (nach links:) Darf ich ihn lesen?

Alexander: Na — nicht alles. Manches ist ... Ich will Dir das Nötige draus mitteilen. Also ... Es ist nämlich ein Untier von einem Briefe. (Blättert darin:) Also im Anfang: hohes Pathos: „es ist mir ein innerliches Bedürfnis", und so weiter. Na=türlich. Ist ihm Alles. — „Ja, mein Herr: ich h a b e auf Sie geschossen! Es war mir nicht zu verdenken nach d e m was ich dazumal annehmen mußte ... Jetzt, zwei Jahre nach meiner Entfernung, wo ich in=zwischen fortwährend und von den verschiedensten Sei=ten Nachrichten über Sie und Hanna gesammelt habe, gebietet mir indes eine innere Stimme, Ihnen zu ge=stehen, daß ich damals irregeleitet, von der Leidenschaft

verblendet war." Dummkopf! Als wenn der jemals
nicht von Leidenschaft verblendet wäre. „Zur Wut
ward ihnen jegliche Begier." — Na und nun kommt er
denn natürlich auf die Partei zu sprechen, und wie an=
ders er das jetzt alles ansähe, Du hättest ganz recht
gehabt, nur der Einzelne könne heute kämpfen, der Ein=
zelne — und allein. In seiner Weise. Und so weiter!
Die alten Geschichten. (Will den Brief wieder einstecken.)
Das können wir uns schenken.

Hanna: Das ist Alles?

Alexander: Ja, so ziemlich. (Zögernd:) Noch so
einige . . dumme Redensarten über Dich. Doktrinäres
Zeug . . thorheitsvolle Deklamationen . . .

Hanna: Aber, Alexander, das mußt Du mir
doch mitteilen. Ich bitte Dich!

Alexander: Na, Gott . . es ist eben einfach
. . dieselbe Borniertheit, wie früher. Dabei riesig gute,
liebe Kerle — diese Atriden. Wenn sie einen auch
manchmal in die Knochen schießen. (Suchend:) Wo ist
es denn? Hier. Also: „ich denke an sie bei Tag und
Nacht. Noch hab ich nicht mit ihr abgerechnet! Viel=
leicht — wird es auch nicht mehr nötig sein. Wenn
Alles so bleibt, wenn sie selbständig neben Ihnen, in
freier aber treuer Neigung", na: und so weiter!
Kannst Dir ja denken. Ae! „Es schmiedete der Gott
um ihre Stirn ein ehern Band." — — — — —

— — — — — — — — — — — — — —

Sag mal Hans . . nicht wahr: Du bist nun neun=
undzwanzig Jahre alt. Weißt Du noch, was ich Dir
damals . . schon vor drei Jahren immer gesagt habe

.. wo Du Dir einredetest .. nur noch einredetest ..
Du hätteſt die „Aufgabe", dafür zu ſorgen, daß ..
ich weiß nicht .. ſpäter einmal .. übermorgen .. die
Menſchheit glücklicher würde, als heute. Weißt Du
noch? Denk mal dran! — Ich pflegte Dir zu ſagen:
mein guter Hans, bis zum fünfundzwanzigſten Lebens-
jahre .. da iſt das ja ganz ſchön .. da kann ſo was
recht wohl zu unſeren Freuden dienen und alſo echt
ſein. Aber nachher .. nachher wird man entweder ein
Philiſter .. ſo'n Menſch ohne innere Begeiſterung für
ſich ſelber .. ſo'n Epigone ſeiner Jugend .. „Demo-
krat von Achtundvierzig" .. Reichstagsabgeordneter, kurz
ein Steineſel — oder man ſucht ſich neue Ideale ..
man wird ſich etwa klar, beſinnt ſich darauf, daß man
doch eigentlich ſelber auch — da iſt, ſozuſagen! Daß
ich, daß Du doch wohl gewiſſermaßen lebſt .. ver-
ſtehſt Du? Lebſt! (Erhebt ſich:) Und wenn man dann
auch nur eine Spur von gutem Gewiſſen als Menſch
hat .. ich meine, auch nur 'n bischen Ehrgeiz, ein
Individuum zu bedeuten, ſo daß man es riſkieren kann,
zu ſich ſelber Ja zu ſagen — — dann jagt man die
ganze Reſignationsſatzkerei, all das wehleidige Gejammere
um die lieben Mitmenſchen der nächſten Jahrhunderte
ſchönſtens zum Teufel und ſagt ſich: ich und noch einmal ich — will ein ganzer ſein! Ein ganzer — ein ein-
ziger — ich ſelber! (Er humpelt einmal haſtig durch's Zimmer und ſetzt ſich dann wieder.)

Hanna: Alexander! Wenn man Dich ſo
ſprechen hört, ſollte man meinen, Du wärſt der
kraſſeſte Egoiſt von der Welt. Und dabei haſt Du
es noch nie im Leben fertig gebracht ...

Alexander: Ach bitte, das ist Sache des Ge=
schmacks. — Aber in gewissen Dingen ist es nicht
nur geschmacklos, wenn man zu viel an Andere
denkt, sondern auch — unsittlich. Was wir so
nennen müssen. — (In ganz anderem, herzlich warmen
Tone:) Hanna! Du fühlst Dich ja nicht frei .. nicht
glücklich . . .

Hanna (setzt zum Sprechen an. Schweigt.)

Alexander: Nein, Hans: Du bist nicht glück=
lich. Du bist nicht glücklich. Die ganzen zwei Jahre
.. meinst Du denn, ich fühlte das nicht? Dieses
dumpfe, besinnungslose Arbeiten und Arbeiten die ganze
Zeit her — hältst Du mich denn für so dumm, meinst
Du: ich hätte nicht begriffen, wie wenig das nach
Deinem Herzen war? Wie wenig Du — Du selber
gewesen bist — all die Zeit her? — — — — —

Hanna: es kommt ja selten vor, daß wir .. wir
Egoisten uns — aussprechen. Auch das geht uns
zu vielfach wider den Geschmack. Aber jetzt. Wir
sind nun mal dabei. Ich wenigstens. — Sieh mal:
wir wollen es uns doch nicht verhehlen: es .. ist
anders mit uns gekommen, als wir es uns gedacht
haben. — Woran es gelegen hat, das ist schwer zu
sagen .. und im Grunde .. jetzt kann es uns gleich
sein. — Damals, als die bewußte Katastrophe mit all
ihren aufdringlichen Begebenheiten und dummen Knall=
effekten vorüber war .. meine Wunde geheilt war, und
ich wieder laufen gelernt hatte .. als Du dann hier
eingerichtet warst und so weiter — da hätte ja eigent=

lich zwischen uns wieder alles sein sollen, sein kön=
nen, wie vorher. Aber . . .

Hanna, (flehend:) Aber Alexander! Gewiß!
Und noch ganz anders! Sprich doch nicht so. Wie
unendlich mußte ich Dir — (Beider Blicke treffen sich,
sie schweigt.)

Alexander, (eisig:) . . verpflichtet sein. Ja=
wohl. Möglich, daß es grade daran lag. — Es war
eben thatsächlich Alles anders geworden. Du hattest
Dir auch wohl zu viel zugemutet . . . Hm.

(Pause. In anderm Ton:)

Na aber, was nützt das Reden. Lassen wir das! Wir
quälen uns ja nur, indem wir darüber sprechen. Dazu
sind wir doch nicht für einander geboren. (Nervös:)
Wir sind überhaupt nicht für einander geboren. Das
ist Verfolgungswahn. — —

(Pause. Er seufzt. Dann gleichgiltig:)

Ja, ja . . . Da fällt mir übrigens ein: erst das
Geschäft und dann das Vergnügen. Wolltest Du mir
nicht tausend Mark zahlen heute?

Hanna, (lebhaft, geht zum Schreibtisch:) Ach,
ja. — Ich hatte Dir auch schon die Quittung ge=
schrieben. Wo ist sie denn? Durch die Besuche . .
der Freudenberg war auch oben . . . (Sie hat das Papier
gefunden:) Ach hier. Willst Du Dich herbemühen, oder
soll ich Dir . . .

Alexander: Ich komme schon. (Geht zum Schreib=
tisch.)

Hanna: Der alte Herr hatte sich bei ihm nach mir erkundigt. (Reicht ihm den Federhalter:) So, bitte. Datum hab ich schon.

Alexander (unterschreibt:) So, damit sind wir ja dann wohl quitt?

Hanna (steht am Geldschrank, dem sie einen Tausendmarkschein entnimmt:) Jawohl. Damit bin ich Dich — (Sie schweigt:)

Alexander, (lachend:) Aber Hans, was ist denn das heute mit Dir? Du sprichst ja Deine besten Einfälle nicht aus.

Hanna (giebt ihm den Schein. Bittend, leis:) Alexander!

Alexander: Nein, nein: das war wirklich ein ganz gescheiter Einfall. Damit bist Du mich allerdings — los! (Er steckt den Schein ein.) Ich wünschte nur, Du hättest erst den Mut zu . . zu Deinen Einfällen. So den rechten Frauenmut. Das ist was besonderes! Es ist eine Eselei, immer bloß von Mannesmut zu sprechen. — — Na, aber nun will ich auch gehn.

Hanna: Gehn?! — So plötzlich?

Alexander (zieht sich den Mantel an:) Ja. Ich habe noch — was vor. Eine wichtige Sache. Etwas Menschenfreundliches. Entschuldige mich heute Abend. Du wirst auch müde sein . . .

Hanna, (leise, traurig:) Du quälst mich . . .

Alexander, (beinah heiter:) Das — ist ein Irrtum. Also, adieu, Du . . Du Schülerin. Und hast noch immer nicht ausgelernt. Schäm Dich was! — Adieu! (Er reicht ihr die Hand:) Adieu.

Hanna, (mit niedergeschlagenen Augen, ergreift mit beiden Händen seine Rechte:) . . . Adieu.

Alexander (geht zur Thür. Dort wendet er sich noch einmal um und faßt Hanna's Kopf in beide Hände. Mit tiefem Gefühl:) Leb' wohl, Du . . . Leb' wohl . . (Er küßt sie auf die Stirn.)

Hanna, (mit ausbrechenden Thränen:) So geh doch nicht, Alexander! Laß uns doch noch sprechen . . .

Alexander, (sich losmachend:) Bitte, bitte . . . Nur kein Mitleid! Das verbitt ich mir! Das schickt sich nicht für Dich! So! (Er reicht ihr noch einmal die Hand. Sie schlägt ein. Er sieht sie voll an und schüttelt ihr kräftig die Hand:) So. — (Tonlos:) Leb' wohl. (Schnell hinaus.)

Hanna (wirft sich schluchzend in den Sessel vor dem Schreibtisch.) Oh, ich . . . (Plötzlich aufspringend, ruft sie laut:) Alexander! (Ab. Man hört sie draußen rufen:) Alexander! (Sie kommt zurück und bleibt einen Augenblick schwer atmend stehn. Dann geht sie erschöpft nach links, wo sie sich niederläßt. Sie trocknet ihre Augen und schüttelt sinnend den Kopf. — Dann steht sie seufzend — aber wie getröstet auf. Sie sieht sich im Zimmer um, tritt vor den Spiegel links und sieht hinein. Dann dreht sie das Gas links aus und steckt ein Stearinlicht an. Darauf zieht sie die Portieren vor der Glasthür wieder auseinander. Draußen auf der Straße und zum Teil noch im Entresol liegt helles Mond= licht. Sie bleibt einen Augenblick nachdenklich stehn. Dann öffnet sie beide Glasthüren weit. Hinausschauend, träumerisch:) Die Nacht . . .

Das Dienstmädchen (tritt von links, nach kurzem Klopfen ein:) Soll ich das Abendbrot bringen?

Hanna: Ja. In die Stube. Und dann können
Sie sich hinlegen, Hedwig.

Hedwig: Gute Nacht. (Ab.)

Hanna: Gute Nacht. (Sie geht nach rechts zum
Schreibtisch), packt die dort liegenden Bücher zusammen und schließt
sie in den Geldschrank. Dann dreht sie auch dort die Gas=
flammen aus und geht mit dem Licht über die Bühne nach
links. Plötzliches lautes Klopfen.)

Bernhard von Vernier (ist hinten links eingetreten
und kommt durch den Arbeitsraum nach vorn.)

Hanna   (hört, wie sie grade die Mitte der Bühne
überschritten hat, das Geräusch. Mit einem leisen Aufschrei
des plötzlichen Schrecks wendet sie sich um:) Wer ist da? —

Bernhard, (nähertretend, beinah schüchtern:) Ich bin's,
Fräulein Hanna. Entschuldigen Sie . . . Ich fand Alles
offen . . .

Hanna, (matt, nervös:) Bernhard! Wie Sie
mich erschreckt haben .. (Stellt das Licht auf den Tisch links:)
. . Herr von Vernier . . .

Bernhard, (beklommen:) Ja — ich, ich . . . Es
wär' mir ja auch garnicht eingefallen . . . Ich saß
drüben im Restaurant. Da kam der Doktor und . .
sagte, ich sollte herüber gehn: Sie erwarteten mich.
Sie hätten mir etwas mitzuteilen. Ich sprang gleich
auf — (Er stockt.)

Hanna, (erregt:) Er sagte Ihnen, ich erwar=
tete Sie?

Bernhard: Ja . .

Hanna, (sehr verlegen:) Ja .. ich .. (Schnell:)
Ihr Herr Onkel war hier.

Bernhard, (nähertretend:) Wer?

Hanna: Das heißt, er bat, es Ihnen nicht zu sagen. Er . . .

Bernhard: Fräulein Hanna! Sie erschrecken mich. Was . . wollte mein Onkel hier . . von Ihnen?

Hanna: Er . . ja, er muß wohl Ihre Briefe . . falsch verstanden haben.

Bernhard: Meine Briefe? Falsch? . . . Ach: ich begreife! (Schnell:) Er hat Sie verletzt!

Hanna: O nein!

Bernhard: Nein? Aber — er hat Ihnen gesagt, was ich ihm anvertraut habe . . .

Hanna,   (leise:) Ja. Ihre Briefe . .

Bernhard, (erregt:) Oh — er hat sie nicht falsch verstanden . . .

(Lange Pause: Beide stehen sich, ziemlich weit von einander, gegenüber. Ihre nervöse Erregung steigert sich. Beide atmen schwer und sehen sich — plötzlich, gleichzeitig, voll an. Er tritt leidenschaftlich, hastig zwei Schritt näher. Nochmals dasselbe Spiel. —)

Hanna,   (unwillkürlich erschauernd, bedeckt das Gesicht mit den Händen.)

Bernhard: Hanna! Sie wissen nun . . . Fräulein Hanna! Und Sie sind frei . . . Hanna! (Umarmung.)

(Vorhang.)

Dritter Act

Scene: Zimmer in Hanna's Privatwohnung. — Die Möbeln sind zum Teil dieselben, wie im zweiten Act. In der Mitte des Zimmers ein großer Tisch mit hochlehnigen Stühlen. Darüber eine brennende Lampe. Die Mitte des Hintergrundes nimmt ein großer Bücherschrank ein. Rechts davon die Thür zum Corridor, links das Ecksofa mit Tisch. — Auf der rechten Seite vorn steht der Geldschrank, dahinter ein Füllofen, der einen Feuerschein ausstrahlt. — An der linken Seite vorn der Schreibtisch, dahinter die Thür ins Nebenzimmer. — Die Einrichtung ist ernst und gediegen, mehr in der Art eines Herrenzimmers. Dunkle Portieren und Decken.

Hanna, (in einem schwarzen Kleide von eleganter Einfachheit, sitzt vorn am Mitteltisch und liest einen Brief.)

Lieschen (sitzt, in befangener, kerzengerader Haltung, rechts am Mitteltisch. Sie trägt ein hochmodernes Promenadenkostüm und sieht sich mit neugieriger Scheu im Zimmer um.)

Hanna (läßt den Brief sinken. Bewegt:) Die gute Mutter. — Aber persönlich traut sie sich doch nicht her.

Lieschen, (in einem gezierten Ton, aus dem sie nur hin und wieder herausfällt:) Ach, sie thät es ja wohl. Aber Du weißt ja, wie Dein Vater ist. Ich geh selber immer nur hin, wenn ich bestimmt weiß, daß er nicht zu Hause ist.

Hanna, (nachdenklich:) Hm. — Heut, nach Tisch hat sie Dir den Brief gegeben?

Lieschen: Ja, sie ist extra deswegen zu uns gekommen. Sie hat ja so'ne Bange!

Hanna, (ernst, ohne Lieschen anzusehen:) Die gute Mutter! — — Ach was! Es ist ja nichts. Nichts! (Sie erhebt sich.) Sie beurteilt Conrad ganz falsch. Ich — will ihn erwarten.

Lieschen: Ach, Hanna: er ist jetzt noch viel rabiater, wie früher. Du, glaubst garnicht, wie er sich verändert hat. Ich denke mir, er wird sich in Amerika oder in London das Trinken angewöhnt haben. Von der Seeluft weißt Du.

Hanna: Das kann ich mir nicht denken.

Lieschen: Ach doch, ja. — Nein: wir sind alle schrecklich besorgt um Dich.

Hanna: So. — Ach, das sind ja Einbildungen.

Lieschen: Na, na: sag das nicht! Erst gestern hab ich wieder im Lokalanzeiger gelesen, wie einer aus Liebe zwei Mädchen auf einmal totgeschossen hat. Bloß: er wußte nicht, welche sollt' er nehmen. Na, und nu Dein Vater! Der hetzt ja nu noch immer! Der macht ihn nu erst ganz wild! Weißt Du, was er ihm nach London geschrieben hat? Ach ne: das will ich Dir doch lieber nich sagen. Na, aber, Du darfst es mir nich übelnehmen! „Sie avanciert", hat er geschrieben. „Sie avanciert. Jetzt ist sie schon die Maitresse von einem Grafen." Ja. Weißte, Dein Vater kennt eben absolut nich den Unterschied zwischen einem Grafen und einem Baron.

Lieschen: Das hat . . mein Vater geschrieben?

Hanna: Was ich Dir sage! Darauf ist ja eben Conrad hergekommen. Ohne an seine eigene Sicherheit zu denken — umgehend! Denk doch mal, wenn sie ihn faßten!

Hanna (schüttelt traurig den Kopf:) Also das . . .

Lieschen: Ja. Und Du wärst eine Begehrliche!

Hanna: Eine Begehrliche? Was heißt denn das?

Lieschen: Ja, ich weiß nicht. Davon spricht er auch so immer. Was die richtigen Arbeiter wären, die hätten die Begehrlichkeit nicht. Das wär 'ne Lüge. Die wollten blos ihr gutes Recht. — Aber die Reichen — was er so die Bürgerlichen nennt, und auch die Abligen — die hätten die Begehrlichkeit und wollten immer noch mehr haben. Und Du wärst auch 'ne Begehrliche. So is es.

Hanna, (bitter) „So is es". Ja. Er hat recht. Sie — haben die Begehrlichkeit nicht. Es ist schlimm. — — Also mein liebes Lieschen: ich danke Dir sehr für Deine freundlichen . . Eröffnungen, und . . . Bitte, geh noch heute Abend zur Mutter, ja? Sag ihr, sie solle keine thörichte Angst haben. Mit Conrad würde ich schon fertig werden. Ja — es würde mich freun, wenn er käme. Ihm gegenüber kann ich mich rechtfertigen. Er ist nicht wie mein Vater. Der wird mich freilich nie mehr verstehn.

Lieschen: Ja, da hast Du wirklich sehr richtig. Gerade so geht's mir mit Mutter. Die versteht mich auch partout nich.

Hanna: So?

Lieschen: Partout nich. Gott, und es ist doch
so einfach! Was soll man denn machen, wenn man
weiter kommen will und .. und will was vom Leben
haben. Is nich wahr? Heiraten thut einen ja doch
kein anständiger Mensch mehr, und schließlich: was hab
ich denn davon, wenn da nu auch wirklich so'n Maler
oder Maurer kommt, der selber nichts zu brechen und
zu beißen hat .. und Kinder will er womöglich auch
noch haben. Ne, ne! Wenn man erstmal mit seine
Herrn so in besserem Verkehr gestanden hat — nachher
paßt einem das schon lange nicht mehr. Schon lange
nicht mehr. Hab ich nicht recht?

Hanna: Gewiß, Lieschen — und es ist schön,
wenn man recht hat. Aber . . .

Lieschen: Nicht wahr! Ach! Weißt Du, liebe
Cousine: die andern .. die waren ja einfach alle viel
zu dumm. Aber ich .. ich kann wohl sagen: von
allen Anfang an habe ich allein immer die richtigste
Auffassung über Dich gehabt! Und wenn ich früher
manchmal so'n bißchen eklich gegen Dich gewesen bin ..
so is das immer blos Neid gewesen. Wahrhaftigen Gott!

Hanna, beruhigt:) Ja, ja: ich hab das ja auch
niemals anders aufgefaßt.

Lieschen, (betheuernd: Hand aufs Herz —: blos
aus Neid! Niemals so wie die andern, aus Moral,
oder so. Keine Spur! Denn wozu? Heutzutage muß
man modern sein.

Hanna, lächelnd:) Woher weißt Du das?

Lieschen: Ach, das hab ich nu allmählich selber
rausgekriegt. — Nein, wirklich, liebe Cousine: Du glaubst

garnicht, wie lange ich mich schon danach gesehnt habe,
mich einmal so recht ordentlich mit Dir auszusprechen.
Wirklich wahr! Denn im Grunde, mußt Du wissen,
in meinem Inneren, hab ich Dir eigentlich immer recht
gegeben. „Ganz recht, hat sie, hab ich immer gesagt —:
ganz recht! Was kann das schlechte Leben helfen!"

Hanna (lacht auf.)

Lieschen (in das Lachen einstimmend:) Na ja — is
doch aber auch wahr! — Siehste: und deshalb, liebe
Cousine, mein ich: wir beide sollten doch . . . He? —

Hanna (weicht Lieschen, die ihre Hand fassen will,
aus. Ernst und kühl:) Verzeih! Ich hab jetzt keine Zeit
mehr. Ich muß noch mal hinunter ins Geschäft. —
Also nochmals: sag der Mutter meinen besten Dank
für ihre . . „Warnung", aber . . Du weißt ja nun.
Kann ich Dir sonst noch mit . . Etwas dienen.

Lieschen, (affectiert-verletzt:) Nicht, daß ich wüßte.
Danke sehr. (In anderm Ton, schnell:) Das heißt . . .
(Vertraulich:) Du, Hanna . . sei doch mal offen gegen
mich! Giebt Dir denn Dein Baron viel?

Hanna, (hestig:) Ach, bitte, Lieschen . . geh jetzt!
Weshalb meine Mutter gerade Dich zu mir geschickt hat
. . . Na . . jedenfalls . . (Sie zieht ihr Portemonnaie:)
. . Ich will nicht undankbar sein: da, hier — (Giebt ihr
ein Goldstück:) Für den Weg.

Lieschen (nimmt das Geld und betrachtet es einen
Augenblick unschlüssig schwankend, dann steckt sie es ein und sagt
kühl, fast herablassend:) Bitte sehr, bitte sehr — hat nichts
zu sagen. Ich will nicht länger stören. (Wendet sich zum
Gehen:) Adieu.

6*

Hanna, (abgewendet:) Adieu. (Setzt sich links an den Schreibtisch.)

Lieschen (zuckt die Achseln:) P—hö! (Nach hinten ab.)

Hanna, (nachdenklich vor sich hin sehend, schüttelt den Kopf. — Pause. — Aus ihren Gedanken heraus, halb lachend:) „Was kann das schlechte Leben helfen!" (Steht auf und klingelt. Dann geht sie zum Schreibtisch zurück, nimmt einige Briefe an sich und schließt ihn zu.)

Hedwig (tritt von links ein.)

Hanna: Hedwig, ich bleibe heute Abend zu Hause. Legen Sie noch nach. Ich gehe jetzt hinunter. Wenn der Herr Baron kommt, bitten Sie ihn, hier oben auf mich zu warten. (Geht zur Thür. Es klingelt draußen. Sie bleibt stehn.) Sollte er das schon sein? Sehen Sie nach.

Hedwig (nach hinten ab.)

Hanna: Oder gar . . . (Sie nestelt nervös an ihrem Haar.)

Bernhard (tritt schnell ein. Laut und lebhaft:) Guten Abend! Guten Abend. Ach Pardon! Ich vergesse immer, draußen erst abzulegen. (Schnell wieder ab.)

Hedwig (tritt durch die offene Thür ein, geht über die Bühne und links ab.)

Bernhard (von draußen, durch die offene Thür sprechend:) Könntest Du dem guten Mädchen nicht angewöhnen, mir hierbei behilflich zu sein?

Hanna, (lächelnd:) Aber Bernhard . . . Selbst ist der Mann.

Bernhard, (im Eintreten:) Na ja, schon gut, weiß schon . . . Wie geht's? (Tritt zu ihr und küßt ihr die Hand:) Gut, natürlich. Wie?

Hanna: Dir auch. Danke. — Aber Du kommst ja heut so früh. Ich muß noch herunter.

Bernhard: Herunter! Immer herunter! Schreck= lich! (Gepreßt:) Oh, Hanna, Du .. (Zieht sie an sich und küßt sie, dann läßt er sie los und wendet sich ab:) Du ahnst ja nicht, wie traurig Du mich machst mit Deinem .. mit diesem ewigen „Geschäft".

Hanna: Aber mein lieber Bern! Du mußt doch vernünftig sein. Selbst wenn ich nun das Geschäft verkaufen wollte —

Bernhard, (lebhaft:) Wie? — Nun?

Hanna, (lächelnd:) Ich meine: selbst dann müßte ich doch bis zum letzten Tage in alter Weise darin thätig sein. Darauf beruht doch nun mal — meine Freiheit.

Bernhard: Eine schöne Freiheit!

Hanna: Ja! Dem Einen kommt sie teuer — dem andern billig zu stehn. Das ist nun mal nicht anders — einstweilen. — — Aber jetzt laß mich. Die Mädchen warten auf mich. Laß Dir die Zeit nicht lang werden. Da! (Sie deutet auf den Bücherschrank:) Falls Du etwas für Deine Bildung thun willst. Auf Wiedersehn. (Geht zur Thür. Dort bleibt sie stehn. Leise, zärtlich:) Bern?

Bernhard: Ja?

Hanna: Ich habe Dir nachher .. etwas zu sagen.

Bernhard: Ja? Was denn?

Hanna: Nachher! — O, wir wollen so frohe Menschen werden, Bern . . .

Bernhard (nähert sich ihr:) Hanna!

Hanna (hebt abwehrend die Hand:) Pst! Nach=
her! (Schnell ab.)

(Pause.)

Bernhard (ist sehr ernst geworden. Er seufzt laut
und geht nach links. Gepreßt:) Wie ein Kind! Wie ein
Kind! —

Hedwig (von links, mit Kohleneimer, geht zum Ofen.)

Bernhard, (auffahrend:) Was?! Sie wollen doch
nicht etwa gar noch einheizen?

Hedwig, (unbeirrt:) Fräulein hat's befohlen.

Bernhard: Aber, mein Gott, es ist ja schon eine
tropische Glut hier!

Hedwig, (unbeirrt, antwortet nicht, sondern schüttet
Coaks auf.)

Bernhard (mit Selbstironie:) Freilich —: wenn's
Fräulein befohlen hat . . . (Setzt sich an den Ecksophatisch
und schlägt ein Buch auf. Legt es wieder weg:) Ne! —
Sagen Sie mal, Hedwig, ich wollte Sie schon immer
mal fragen . . .

Hedwig, (unbeirrt am Ofen beschäftigt.)

Bernhard: Ich meine: gesetzt den Fall, es voll=
zöge sich hier eine plötzliche, oder sagen wir wenig=
stens eine baldige . . Veränderung . . daß Fräulein von
Berlin fortzöge, oder so — ich meine: Sie würden
doch mitgehn — was?

Hedwig: Das ist gar nicht möglich.

Bernhard: So? Na . . .

Hedwig: Fräulein wird niemals von Berlin
fortziehn.

Bernhard, (ärgerlich:) Sehr gut! Woher wissen Sie denn das?

Hedwig, (ohne sich umzuwenden, mürrisch:) Fräulein wird sich hüten und wo anders wieder von vorn anfangen.

Bernhard, (abbrechend:) Na! —

Hedwig (ist fertig und erhebt sich. Kalt:) Herr Baron kennen eben unser Fräulein erst oberflächlich.

Bernhard, (streng:) Ach bitte! (Es klingelt.)

Hedwig (sieht Bernhard einen Moment feindselig an, zuckt dann die Achseln und geht ruhig nach hinten ab.)

Bernhard, (allein, wütend:) S'is .. es ist wirklich . . .

Hedwig (öffnet Alexander die Thür. Höflich:) Bitte Herr Doktor! (Sie ist ihm beim Ablegen behilflich. Dann ab.)

Bernhard, (in höchstem Erstaunen:) Herr Doktor! Sie!? —

Alexander: Ja — ich. Guten Abend.

Bernhard (tritt näher und reicht ihm die Hand:) Guten Abend.

Alexander (hält die Hand fest, ernst:) Ich .. muß vor Allem noch um Verzeihung bitten, daß ich Ihnen auf die traurige Nachricht vom Ableben Ihres Herrn Onkels .. nur schriftlich geantwortet habe. Aber .. mein Pedal war mal wieder .. nicht in Ordnung .. ist es auch eigentlich jetzt noch nicht. Ich wäre sonst längst über alle Berge.

Bernhard: Ja, ich hörte schon, Sie wären in Sicilien.

Alexander, (hinkt nach dem Stuhl rechts am Mittel-

tifch:) Bin ich auch. Wenigstens . . . Wollte heute
schon unterwegs sein. Hm. (Setzt sich.)

Bernhard, (im Tone freundlichen Vorwurfs:) Die
ganze Zeit haben Sie sich nicht wieder sehen lassen.
Seitdem!

Alexander: Sie meinen: Ruinen gehören zur
Landschaft.

Bernhard, (herzlich:) O, pfui. Wir wollten doch
gute Freunde bleiben!

Alexander: Ja. Na, und aus — Feindschaft
bin ich nicht weggeblieben. Oder meinen Sie?

Bernhard: Lieber Freund!

Alexander: Na also. — Ach hier ist es hübsch
warm. Ganz wie in Sicilien. Ueberhaupt, riesig behaglich! (Seufzt:) Ja, ja! Wer sich hier so festsetzen
könnte, der — — wär ein Esel, wenn er — auf Reisen
ginge. Wie?

Bernhard: Na sehn Sie. Weshalb kommen Sie
da nicht!

Alexander: Tja . . wer weiß! Vielleicht ist es
eine angeborne Scheu . . das dritte Rad am Bicycle
zu spielen. Vielleicht . . ist das so der Stolz meiner
Männerseele, wie Lasker sagte. Lassen wir's unent-
schieden. Soviel ist sicher: heute hab ich einen hin-
reichend legitimierenden Grund zu kommen.

Bernhard: Bitt' um Entschuldigung, Herr Doktor,
aber ich sollte meinen, Sie als alter Junggeselle hätten
eigentlich immer berechtigte Ursache . . .

Alexander: Andre Leute zu stören? Nein! Da
saß ich nun meine Situation doch menschenfreundlicher

auf. Das wird mir auch garnicht so schwer, wie Sie glauben. Denn, abgesehn von der einen denkwür= digen .. Ihnen ja nicht unbekannt gebliebenen Epi= sode, hab ich mein Leben lang eigentlich immer draußen gesessen .. verstehn Sie? draußen. Ich bin das also gewohnt.

Bernhard (verlegen:) Aber, lieber Herr Doktor ..

Alexander Ja, ja. Sie vergessen immer: es ist noch garnicht so unmenschlich lange her, daß ich ein .. bettelarmer Student war .. der geborene Bildungs= proletarier .. eben: bis ich eines Tages meine Ent= deckung machte. Ich bin also garnicht verwöhnt, wirk= lich nicht. Hab es früh genug gelernt, mit mir allein zu sein. — Hm. — Na, aber .. davon ist ja garnicht die Rede. Sagen Sie mir vor allen Dingen: wie geht es Ihnen denn? Ich meine: wie gut? Was macht die Kunst? Oder: die Künste, muß man bei Ihnen fragen. Haben Sie sich nun für eine entschieden? Hat die Violine gesiegt? Die liebe Violine! Wie geht es ihr?

Bernhard: Na, ich danke. Besser wie mir. Sie hat Ruhe. —

Alexander: (sieht ihn an:) Hm. (Er nimmt eine Cigarre aus seinem Etui:) Ja: das ist nun eine äußerst schwierige Sache —: Sie rauchen nicht?

Bernhard: Nein. Aber bitte . . .

Alexander: Infolge dessen wird die Herrin den Tabaksgeruch gar nicht mehr gewöhnt sein. Und Sie .. sind hier eigentlich doch zu wenig kompetent .. (Er hat währenddem die Cigarre abgeschnitten, in Brand gesetzt und raucht jetzt mit Behagen die ersten Züge:) . . sonst würd' ich Sie nämlich um die Erlaubnis gebeten haben.

Bernhard: Na ja: da haben wir's! Nun fangen Sie auch noch an!

Alexander: Aber, was denn?

Bernhard: Ach, liebster Herr Doktor ——! Sie haben ja keine Ahnung, wie ich hier in diesem Hause behandelt werde . . . Das spottet einfach jeder Beschreibung!

Alexander, (behaglich:) Na . . dann beschreiben Sie's mal.

Bernhard: Wenn mir das früher einer gesagt hätte, und ich . . säße jetzt . . wegen Totschlags in Prison — mir wäre wohler. —

Alexander: Na nu!

Bernhard: Sehn Sie . . ehemals, wenn ich so in den Ferien nach Hause kam . . und so sah, wie mein guter alter Onkel so hin und wieder saugrob wurde gegen die Leute . . das konnt er werden . . da fand ich, als empfindsamer Musensohn, das einfach schrecklich, einfach schrecklich. Einmal hab ich meinem Onkel sogar eine richtige Rede darüber gehalten . . . A—ber, wissen Sie — das war ja Alles Kinderei, das war ja der reine Humanitätsdusel im Vergleich mit der Art und Weise, wie man hier mit mir umspringt! — —— Und, was das Schönste ist, nicht bloß die Herrin behandelt mich so . . na, wie soll ich sagen . . so als liebenswürdigen Zimmerschmuck . . auch die Sklavin, diese gußeiserne Hedwig . . glauben Sie, die hätte irgendwie eine be=

gründete Ueberzeugung von der Zweckmäßigkeit meines Daseins? Keine Spur.

Alexander (lacht.)

Bernhard: Ach, lachen Sie nicht! Das ist sehr schlimm. — Noch hab ich ja wenigstens einigen Galgen= humor . . aber auf die Dauer . . wie soll man sich selber dabei den guten Glauben . . an die Wichtigkeit der eigenen Existenz erhalten!

Alexander, (trocken:) Sie haben Recht. Das muß furchtbar schwer sein.

(Pause.)

Bernhard, (in verändertem Ton, sehr ernst:) — Und es geht auch nicht so weiter. —

Alexander, (ebenfalls ernst, beinah erschrocken:) Was — sagen Sie?

(Pause.)

Bernhard: Sowas paßt eben nicht für jeden. Bei Ihnen war das was Anderes. Bei Ihnen hatte es keine Gefahr . . mit der Selbständigkeit. Sie standen ihr in anderer Beziehung nicht nur gleichberechtigt gegen= über, waren ihr nicht bloß gewachsen — Sie waren ihr sogar von vornherein entschieden überlegen, als ihr Lehrer gewissermaßen. Sie hatte sich Ihnen geistig ein für allemal untergeordnet.

Alexander: Leider, ja.

Bernhard: Ich dagegen besitze Gottseidank nicht die geringsten pädagogischen Talente! Und da Hanna nach dieser Richtung hin bisher offenbar — verwöhnt war — so gelt ich ihr nicht für voll. Ein Erzieher wird gesucht!

Alexander: Na, na, na . . .

Bernhard: Ja, ja! Sie hat mich gewiß sehr lieb — das weiß ich — aber die Art und Weise, wie sie mich behandelt, das ist doch . . das ist doch nicht . . .

Alexander: Nun?

Bernhard: Ach! Das ist doch so nicht das richtige Verhältnis zwischen Mann und Weib.

Alexander: Hm, hm!

Bernhard: Nie und nimmer nicht! Wissen Sie, wie mir das vorkommt? Direct verdreht kommt mir das vor: gerade umgekehrt! Als ob ich — ihr Geliebter wäre.

Alexander: Ja — ist das denn nicht der Fall?

Bernhard: Mein Herr!

Alexander: Mein hoher Herr!

Bernhard: Ach! Sie verstehn mich ja ganz gut.

Alexander: Ja — wer weiß! Vielleicht . . verstehe ich Sie so, daß nach Ihrer Ansicht die Sache in Ordnung wäre, wenn Hanna — Ihre Geliebte wäre.

Bernhard, (verdutzt:) Wie? — Na, nehmen Sie's mir nicht übel, aber — es ist doch wirklich arg, in welcher Weise sich Menschen wie Sie . . das Einfachste und Natürlichste, was es überhaupt auf der Welt giebt . . das Verhältnis zwischen Mann und Frau . . künstlich verzwickeln und verzwackeln, bis kein gesunder Mensch mehr draus gescheut wird. Ja, ja! Darin sind Sie Virtuose! Von Ihnen hat auch Hanna alle ihre Schrullen.

Alexander, (qualmend:) Wenn ich von Ihnen absehe . .

Bernhard: Von mir nimmt sie gar nichts an.

Alexander: So. Na, wie Sie meinen. Jeden=
falls —: Menschen wie ich glauben eben nicht daran,
daß .. das Verhältnis zwischen Mann und Frau ..
heutzutage wirklich so einfach, so natürlich gegeben sei.
Menschen wie ich sind vielmehr der Ueberzeugung, daß
es zur Zeit einmal wieder Problem geworden ist.

Bernhard: „Problem"! — Ich bin kein Nuß=
knacker.

Alexander: Nein. Es wäre Unrecht, das zu be=
haupten.

(Pause.)

Bernhard, (treuherzig:) Lieber Herr Doktor! Mir
ist das Herz so voll! Und Ihnen gegenüber hab ich
von jeher ein so unbegrenztes Vertrauen gehabt. —
Sie haben mir noch nicht gesagt, weshalb Sie herkom=
men, aber es ist gut, daß Sie da sind. Lassen Sie
mich mal wahnsinnig offen gegen Sie sein. Sie sind
der einzige Mensch, den ich kenne, vor dem man sich
damit nichts vergiebt. (Er reicht ihm die Hand.)

Alexander (nimmt die Hand und sieht ihn an. Ernst:)
Ich danke Ihnen. —

Bernhard: Sehn Sie: wenn ich mir Hanna's
Wesen klarzumachen suche .. ich weiß ja so schrecklich
wenig darüber, wie sie eigentlich — geworden ist. Ich
habe sie durch Sie als eine fertige, in sich abgeschlossene
Natur kennen gelernt . . .

Alexander: Meinen Sie? Nun — ich und die
Thatsachen, wir können Ihnen darin nun leider doch
nicht Recht geben.

Bernhard: Ja . . .

Alexander: Aber einerlei. Sie wollen von mir
etwas über die Zeit hören, wo ich . . Hanna's Erzieher
war. Nicht wahr? Nun ja: ich versteh schon. — —

(Pause.)

Ja, also — das Einmaleins hab ich ihr nicht bei=
gebracht. Und daß es im Leben häßlich eingerichtet sei,
auch nicht. Solche Elementarkenntnisse brachte sie mit.
— Aber andre Sachen, daß Goethe sehr schöne Verse ge=
macht habe . . daß Max Liebermann Bewegungen malen
könne. Dergleichen. Daß es ungeschickt und anstren=
gend sei, immer auf dem Kopfe herumzulaufen . . daß
das Weib nicht zum Manne werden solle, sondern zum
Menschen. Und daß die religiösen Wunden, die uns . .
die Wissenschaft geschlagen hat, nicht durch diese selbst
geheilt werden können — wohl aber durch die Kunst.
Und daß das Leben um des Lebens willen schön sei.
Solche Dinge, wissen Sie. — — Ach! Wenn ich an
dieses Erwachen, dieses Aufkeimen, an diesen Frühling
in ihren Sinnen denke! . . Hungrig und durstig war
sie zu mir gekommen. Es war ja wie eine neue Welt
für sie! Wie eine neue Religion — der Schönheit —
der Kunst — des Genusses. Bis dahin war die Partei
ihr Ein und Alles gewesen. Solange der holde Glaube
an die baldige Revolution . . vorgehalten hatte, war
das ja gegangen. Aber nun war er weg. Und was
noch blieb — du lieber Gott! Das war doch Alles
gar zu schnell vom Verstande verzehrt — von einem
solchen Verstande! Und nun das Herz . . das Gemüt

.. und die lieben Sinne? Die hungerten und dür=
steten, wie gesagt — es war ein Jammer mit anzu=
sehn. — — Da hab ich ihr nun alle Thüren weit
geöffnet! Und was hab ich mich da aus innerstem
Herzen freuen dürfen, wie sie alsbald, nachdem so die
erste Schüchternheit überwunden war, mit naivem Appe=
tit an all die guten Dinge des Lebens heranging! —
(Mit einem tiefen Seufzer:) Ja! — Und noch jetzt ..
an Wintertagen .. werd' ich warm, wenn ich daran
zurückdenke. — Vor dem Frühling selber aber .. flücht
ich .. nach Italien. Der ist mir nun mal .. verleidet.
Und da unten, da ist er jetzt schon — überstanden.

(Pause.)

Bernhard: Hm. — Und .. Herr Doktor .. ent=
schuldigen Sie .. haben Sie nun damals nie daran
gedacht, Hanna .. zu heiraten?

Alexander (fährt vor Ueberraschung ein wenig zusam=
men.) Ach — haben Sie vielleicht einen Aschenbecher?

Bernhard: O Pardon! (Stellt ihm einen hin.)

Alexander: Danke schön. Hm. — O ja, mein
Lieber: daran hab ich wohl gedacht.

Bernhard: Aber?

Alexander: Aber sie nicht.

Bernhard: Was?! Sie wollte nicht?!

Alexander: Nein.

Bernhard: Unmöglich! Pardon, aber — das
versteh ich nicht. Das ist mir " ".

Alexander: Nicht wahr? Das geht wider die
Natur! Aber trösten Sie sich, Herr Baron —: ich als

Plebejer hab es damals auch nicht gleich — kapiert.
Ja, ja. (Seufzt.) Na, das soll uns aber nicht abhalten,
die Fahne der Wissenschaft und .. und der „Philo=
sophie des freien Menschentums" aufrecht zu erhalten,
und wenn Sie soviel Einfluß auf Ihre Freundin,
die gußeiserne Hedwig zu besitzen glauben, so bitte,
klingeln Sie mal und bestellen mir irgend was Trink=
bares: mein Abenddurst meldet sich.

Bernhard: (klingelt:) Verzeihen Sie: ich hätte
schon dran denken können.

Hedwig, (von links, zu Alexander:) Herr Doktor
befehlen?

Bernhard: (scharf:) Ich habe geklingelt. Bringen
Sie eine Flasche (zu Alexander:) Rotwein, nicht wahr?

Alexander, (lächelnd, nickt.)

Hedwig: Ich habe keinen Schlüssel.

Bernhard: Ach bitte, dann gehen Sie gefälligst
hinunter und lassen ihn sich von Fräulein geben.

Alexander (giebt der noch zögernden Hedwig hinter
Bernhard's Rücken einen Wink, worauf sie nach hinten abgeht:)
Na sehn Sie, wie sie gehorcht.

Bernhard: Gehorcht? Das nennen Sie gehor=
chen? Solche Augen hab ich ihr erst machen müssen!
(Schaut Alexander gebieterisch an.) Da haben Sie's nun
mal selber gesehn. Das muß ich mir nun gefallen lassen.
Ich! — Nein, nein! Es geht nicht! Ich bin nun ein=
mal nicht der Mensch dazu. Das hab ich einfach nicht
gelernt! Es scheint, ich soll mir erst durch cordiale For=
men die Schwesternliebe dieser Person erschleichen — ehe
ich sie um etwas bitten darf. Wetter auch! Das ist

mir nicht gegeben! — — — Aber wenn ich Hanna das sage, dann . . dann lacht sie!

Alexander: Ja, es ist ein herzloses Weib.

Bernhard: Nein, aber sie ist unfähig, sich in einen Menschen wie mich, hineinzudenken. Sie ist überhaupt von einer fürchterlichen Abgeschlossenheit, einem — na!

Alexander: Na?

Bernhard: Ach, sie ist das herrlichste Weib der Welt, aber in einer Weise egoistisch —: es existiert für sie nichts — absolut nichts — außer ihr.

Alexander: Gott sei Dank.

Bernhard: Und was ist aus mir geworden! Ich habe ja gar keine Contouren mehr. Ich . . . (Aufgeregt:) Aber es hat ein Ende. Heute noch! Ich wollt's Ihnen schon vorhin sagen . . es ist das ein Entschluß, mit dem ich mich schon lange trage. Ganz einerlei . . Alles einerlei . . ich frage sie heute noch, ob sie — meine Frau werden will — meine Frau.

Alexander: Oh! — Warum wollen Sie sich den schönen Abend verderben? —

Hedwig (kommt von links mit einer Flasche Wein und zwei Gläsern. Sie serviert und geht wieder ab.)

Alexander (schenkt sich ein und kostet.)

Bernhard, (unruhig auf und ab.)

Alexander (besieht die Etikette der Flasche. Lächelnd, für sich:) Ach ja. Hm. (Laut zu Bernhard:) Na — aber schließlich: sie hat ja Humor. Vielleicht nimmt sie's doch ganz gut auf. Hoffen wir das Beste.

Bernhard, (mit sich beschäftigt:) Ich will ja nur

eine Position .. überhaupt eine Position ihr gegenüber. Es geht so nicht! Wirklich nicht! Und — „wir wollen doch so frohe Menschen werden" . . . Sagte sie nicht so? —

Alexander, (gemütlich:) Hm. Mein lieber Herr von Vernier, bitte: kommen Sie her. Setzen Sie sich mal hübsch zu mir. So. (Schenkt ihm ein:) Prosit! (Stößt mit ihm an:) Sein wir vergnügt! Wissen Sie, wer uns heute Abend noch besuchen wird?

Bernhard, (apathisch:) Nein.

Alexander: Ein gewisser Conrad Thieme.

Bernhard (springt erregt auf:) Was?! Der Mensch, der auf Sie geschossen hat?

Alexander: Nun ja: weshalb meinen Sie denn, daß ich sonst hier wäre?

Bernhard: Heute noch?

Alexander: Ja. Uebrigens dacht ich, Sie wüßten es und hätten deshalb den heutigen Abend zu Ihrer .. Heiratsanfrage ausersehn. Die beiden geborenen Trauzeugen . . .

Bernhard: Ach, Doktor, lassen Sie die Scherze! Was kann der Mensch denn wollen?!

Alexander: Ja, das weiß er wohl selber nicht. Jedenfalls kommt er. Ich weiß es von einem meiner Arbeiter, einem alten Freunde von ihm. Dem hat er dummer Weise sein Herz ausgeschüttet, und bei der Gelegenheit .. ist auch ein funkelnagelneuer Revolver zum Vorschein gekommen.

Bernhard: Revolver!

Alexander: Ja. Ach dabei müssen Sie sich weiter

nichts denken. Das sind die schlechtesten Menschen noch lange nicht, die gern bewaffnet unter die Leute gehn. Die transatlantischen Umgangsformen, die Theorie der persönlichen Executive . . .

Bernhard: Und Sie haben ihn nicht verhaften lassen?

Alexander: Verhaften? Nein. Das ist nicht mein Geschmack. Ueberdies, wer weiß denn —: wahrscheinlich hat der Mann ganz recht.

Bernhard: Welcher Mann?

Alexander: Nun: er . . dieser fremde Mann, wie Ibsen sagt. Er hat doch seine Informationen jedenfalls aus Hanna's Familienkreisen. Na und da kann ich's ihm garnicht übel nehmen, daß er herkommt, um sie totzuschießen. Ich würde das an seiner Stelle vielleicht auch thun, wenn es mir sonst . . die Mittel meines Temperaments erlaubten.

Bernhard: Ich . . ich bin noch ganz . . verwirrt. Sie sagen das Alles mit einer Ruhe, als ob Sie selber garnichts befürchteten . . als ob das Alles nur Scherz wäre. Und doch kommen Sie selber her und . . .

Alexander: Ja, sehn Sie: ich möchte doch nicht, daß Hanna allein wäre, wenn der junge Mann ihr . . seine Visite macht. Ich halte es immerhin für zweckmäßig, wenn jemand da ist, der dem Comparenten mit . . Vernunftgründen begegnen kann. Hanna gegenüber wird er vermutlich . . sinnlos rasen: Sie werden . . ihm gegenüber vermutlich auch nichts Besseres thun: da könnte ich ihm vielleicht . . bei meiner ausgesprochenen

Begabung zum Akademiker . . mit einer lichtvollen Klar=
legung der thatsächlichen Verhältnisse dienen. Das ist
manchmal viel wert. — Na und im Notfall — (Er zieht
einen Revolver aus der Tasche und zeigt ihn Bernhard:) Ich
hatte auch noch so'n Ding liegen.

Bernhard, (sehr aufgeregt:) Das ist ja . . . (Mit
plötzlichem Schreck:) Wo bleibt Hanna? Finden Sie nicht,
daß sie längst oben sein könnte? Es ist halb Acht!
Wenn der Mensch ihr aufgelauert hätte! Ich will
hinunter . .

Alexander, (ruhig:) Sein Sie unbesorgt, mein
lieber Herr von Vernier —: der schießt nur en face.
Das kenn' ich. Der weiß auch, daß sie ihn vorläßt,
wenn er zu ihr will.

Bernhard: „Vorläßt"!? Um Gotteswillen! Man
muß die Hedwig instruieren. (Eilt zur Klingel.)

Alexander: Ich fürchte, daß Ihnen in diesem
Falle selbst Ihre gußeiserne Freundin nichts helfen wird.
Was Hanna will — hat sie noch immer durchgesetzt.
Ah . . .

Hanna (öffnet von außen die Thür im Hinter=
grunde. Spricht nach außen:) Es ist gut. Sie können
dann schließen. (Fordert Conrad zum Eintreten ein:) Bitte.
Komm.

Conrad, (ausländisch gekleidet, beträchtlich gealtert,
bleich und bartlos, tritt ein.)

Bernhard, (am Schreibtisch links, wie angewurzelt.)

Alexander (ist bei Hanna's Stimme unwillkürlich hef=
tig zusammengefahren, hat sich aber gefaßt, sich langsam erhoben
und zu den Eintretenden umgewendet.)

Conrad (hat anfangs Alexander's Blick erwidert, ohne ihn zu erkennen. Plötzlich heftig erregt:) Sie! Sie sind es! Hier! Was heißt das? Was bedeutet das?

Alexander (geht ruhig auf Conrad zu und reicht ihm die Hand:) Herr Thieme —: ich bin nicht Ihr Feind. (Er hält ihm die Rechte hin, indem er die Linke flüchtig Hanna reicht, die sie schnell drückt.)

Conrad (zögert erst. Dann, auf einen Blick Hanna's, schlägt er ein.)

Alexander (hält seine Hand einen Augenblick fest, beide sehn sich an.)

Hanna (zu Alexander:) Ich hörte schon, daß Du gekommen wärst. (Mit einem Blick des Einverständ= nisses:) Ich danke Dir. (Zu Bernhard:) Nun .. Bern= hard .. Du stehst ja so abseits? (Zu Conrad, mit einer vorstellenden Handbewegung:) Der Herr Graf, von dem Dir mein Vater schrieb —

Bernhard, (aufs Aeußerste verletzt:) Aber Hanna, ich bitte Dich, wie kannst Du nur .. ich begreife Dich nicht .. ich .. (Stockt.)

Hanna: Wie? — Ach Du weißt wohl nicht . . .

Bernhard, (schroff:) Ich weiß genug.

Hanna, (streng:) Bernhard! —

Bernhard, (unter dem Zwange ihres Blickes mühsam höflich:) Herr .. Thieme .. Sie werden es wohl nicht so unbegreiflich finden .. daß ich, der garnicht weiß .. in welchen Absichten, mit welchen Gedanken Sie .. (Mit Betonung:) zu meiner Braut kommen .. daß ich zögere, Sie hier willkommen zu heißen . . . Sagen Sie uns, was Sie hier wollen! Was Sie herführt!

Ich hoffe, daß Sie vor meiner Braut .. die Achtung hegen, die Sie beanspruchen darf und die ich fordre!

Conrad, (unsicher:) Herr Graf, Sie sprechen von Ihrer Braut?

Bernhard, (kurz:) Ich bin nicht Graf. Ich heiße von Vernier.

Conrad, (aufbrausend:) Herr! Es ist mir auf der ganzen Welt nichts gleichgültiger. —

Bernhard, (einfallend, heftig:) Wollen Sie nun —

Alexander, (laut:) Vernier!

Hanna, (gleichzeitig:) Bernhard!

(Pause.)

Hanna, (zu Conrad:) Ja — er sprach von seiner — Braut. (Zu Bernhard:) Du meintest wohl mich damit. (Zu Conrad:) Aber daran mußt Du Dich nicht stoßen. Bernhard kennt Dich ja nicht. Er meint vielleicht, Du würdest vor der .. Braut des — Entschuldige, Bernhard! — des Herrn von Vernier — mehr Respect haben, als vor — einem selbständigen Menschen — vor mir.

Bernhard: Ich habe allerdings noch nicht den Vorzug, Herrn Thieme zu kennen, und halte mich daher für sehr wohl berechtigt, ihn zu fragen, was er hier will.

Conrad, (schwer:) Ich thue .. was ich thun muß .. damit ich .. ich .. nicht ersticke. Und ich habe noch nie danach gefragt, ob das .. gerade andern genehm ist.

Alexander (zu Bernhard, diesem das Wort abschneidenb:) Wie ich Herrn Thieme zu kennen glaube . . hat er selber gar keinen leidenschaftlicheren Wunsch, als . . seine frühere Braut hochachten zu dürfen. Nur — er ist über sie sehr schlecht unterrichtet worden, man hat sie verleumdet, ihr Bild verzerrt . . und er kommt nun hierher, um sich — von der Wahrheit zu überzeugen. (Zu Conrad:) So ist es doch. Nicht wahr?

Conrad: . . Ja . .

Alexander, (jovial:) Nun also. — Nun kommen Sie, Herr Thieme: setzen Sie sich hierher . . in meine Nähe . . so . . .

Conrad (ist im Begriff seiner Aufforderung nach-zukommen. Auch Hanna und Bernhard nähern sich dem Mittel-tisch, um sich zu setzen.)

Alexander: Den Brief, den Sie mir vor einem halben Jahr —

Bernhard (flüstert, während Alexander spricht, Hanna schnell etwas zu.)

Hanna (schüttelt mit dem Kopf.)

Conrad, (der dies bemerkt, plötzlich mit großer Heftigkeit, überlaut:) Nein! Nein! Nein! Ich will nicht! Ich will mich hier nicht einlullen lassen! Zum Teufel mit den glatten Redensarten! Ich will ausführen, weswegen ich gekommen bin. Weiter nichts. Hanna! Mit Dir habe ich zu sprechen! Mit Dir ganz allein!

Bernhard (sucht sich zwischen Hanna und Conrad zu drängen.)

Hanna (weist ihn mit einer Handbewegung zurück.)

Alexander, (der sich bereits wieder gesetzt hatte, erhebt sich schnell und faßt Conrad scharf ins Auge. Alles dies ge-schieht, während Conrad spricht. Dann kurze Pause.)

Hanna, (ruhig, indem sie Conrad voll ansieht:)
So sprich.

Conrad (mit verhaltener Leidenschaft:) Hanna,
wir .. wir haben uns vor Jahren wohl verstehen
können. — Ich weiß nicht, ob es jetzt überhaupt noch
möglich ist. Damals kämpftest Du — und das thue
ich noch heute — für die Menschheit! Ihr Elend
rührte Dich noch .. das Unrecht, das sie litten, er-
bitterte Dich noch .. und Du wolltest mitarbeiten an
ihrer Befreiung .. an ihrer Erlösung! — — Und jetzt?

Hanna: Conrad, ich habe mir die Menschen
.. meine lieben Mitmenschen .. wie ich mir einbilde,
gründlich angesehn. Glaube mir: nicht die äußeren
Feinde der Partei waren es, die mich ihr zuerst ent-
fremdeten. Die werden jeden, der kein Schwächling ist,
nur härter machen. Nein! Es waren jene zahllosen
bitteren Enttäuschungen, die man Jahr aus Jahr ein
an Freunden und Genossen zu erleben hatte, jene jäm-
merlichen Intriguen und Beschimpfungen, jene klein-
lichen Schlechtigkeiten und lächerlichen Niedrigkeiten
aller Art —: und über dem Ganzen — dies indolente
Protzentum der gesinnungstüchtigen Hohlköpfe — das
war es, siehst Du, das Alles, was mir das Parteileben schließlich rein zur Hölle gemacht hat! — Dazu
kam, daß ich mit der Zeit jede Form der Vergewalti-
gung hassen gelernt hatte. Nicht bloß die ein oder
andere. Ich sah, wie sie es trieben — diese Menschen,
die vorgaben, eine bessere Zukunft gepachtet zu haben.
Der Glaube, daß man die Welt erlösen könne, indem
man eines Tages an die Stelle einer .. fertigen Ge-

walt . . diese noch unfertige setzt — der ist mir da freilich abhanden gekommen. — Und so hab' ich mich denn auf eine Art von innerer Mission resigniert und mit der . . bei mir angefangen. Du magst das meinet=wegen Egoismus nennen. Mir scheint . . die Mensch=heit würde schneller vorwärts kommen . . wenn es mehr solche — Egoisten gäbe.

(Pause.)

Conrad, (dumpf:) Auch ich . . glaube nicht mehr . . an die Masse. (Fanatisch:) Aber trotzdem — ich . . . (Abbrechend:) Aber davon wollen wir jetzt nicht weiter sprechen. Ich kann begreifen, wie Du so gewor=den bist. Nur das Eine! Sag' mir nur das Eine —: dieser Mann hier, was . . was hat er für ein Anrecht an Dich?

Hanna, (hell:) Ich — liebe ihn!

Bernhard, (losplatzend:) Was berechtigt Sie . .

Hanna, (schnell:) Bernhard! Was berechtigt denn Dich? Er ist ja zu mir gekommen. Zu mir — nicht zu Dir. Und ich will ihm Rede stehn. — Conrad: das ist Alles, was ich zu sagen habe. Ich — liebe ihn. Ein anderes — Anrecht hat er nicht an mich. — (Leise, warm und eindringlich:) Conrad: was hast Du von mir denken können! Du — von Deinem alten Kameraden? — — Vorhin fragtest Du, wie es mög=lich sei, daß Könitz hier wäre. Sieh' — ich weiß — ihn hab' ich tief . . tief verwundet . . damals, als er fühlte . . . . . Aber meinst Du: er wäre einen Augen=blick an mir irre geworden? Nein! In seiner vor=nehmen Güte . . .

Alexander (brummt mißbilligend:) Na, na . . .

Hanna (sieht zu ihm hinüber, mit Betonung:) In seiner vornehmen Menschengüte hat er damals noch Ruhe und Humor erheuchelt — nur damit es mir leichter würde, das zu thun, was auch in seinen Augen meine Pflicht war — mich freizumachen — von ihm. (Indem sie Alexander die Hand reicht:) Hab' ich Dich verstanden, Alexander?

Alexander (drückt ihre Hand. Bewegt:) Hm . . . hm. —

Hanna, (wieder zu Conrad:) Und Bernhard — der Graf, zu dessen Maitresse ich avanciert bin . . . (Bewegung Aller.) Ja, ja —: es klingt nicht hübsch. Aber ich muß es mir noch öfter wiederholen —: es ist das Urteil eines Vaters über seine Tochter. Nicht wahr? So stand doch in dem Briefe, den er Dir nach London schrieb?

Conrad (nickt.)

Hanna: Nun — Bernhard hat mich vorhin seine Braut genannt. Das war unrecht von ihm. Sehr unrecht. Denn — frage ihn nur —: ob schon jemals, seit wir uns lieben, zwischen uns beiden von Heirat die Rede gewesen!

Bernhard: Bis jetzt noch nicht, nein. Aber . .

Hanna (lebhaft:) Siehst Du! Siehst Du! — (Heftig:) Denn Du mußt wissen: ich möchte doch immer noch lieber seine Maitresse heißen — als seine Braut. (Bewegung Aller.) Ja! (Leidenschaftlich:) Weit erbärmlicher wär's mir, wenn ich in meiner Position auf eine solche Ehe spekuliert hätte — als von so einem armen

dummen Mädel, das .. nun ja: das man nachher,
wenn sie auf Einen hereingefallen ist, Maitresse schimpft!
— (Sieht sie an:) Das kann Euch nicht wundern.
— (Wieder ruhiger:) Und — verzeih' mir Bernhard
— aber gerade das hat öfter störend zwischen uns
gelegen .. zumal seit dem Tode Deines Onkels —:
„Ist sie nun am Ziele?" — Aus Furcht vor diesem
quälenden Gedanken — Glaube mir! — hab' ich oft
meine .. meine Grenzen eifersüchtiger bewacht, meine
Unabhängigkeit eigensinniger betont, als mir mein ..
Gefühl gebot. Bernhard — sag es hier — vor diesen
— nicht wahr: Dir ist niemals, — niemals der Gedanke gekommen .. der Verdacht: als ob ich hätte —
„Gnädige Frau" werden wollen.

Bernhard: Aber Hanna, wie kannst Du nur ..

Hanna: Sag: nein!

Bernhard: Nein! Nein! (Inniger Händedruck der
beiden.)

(Pause.)

Alexander (zu Conrad:) Nun, Herr Thieme? —

Conrad,   (wie aus einer Erstarrung auffahrend:
Ja . . . Ich) .. muß fort. (Er tritt auf Hanna zu und
spricht stoßweise mit mächtig arbeitender Brust:) Hanna ..
es ist wahr .. ich) .. habe Dir .. Unrecht gethan ..
Unrecht gethan. Menschen, die Dich nicht kennen, die
Dich nie begreifen werden .. haben mich belogen. Du
— bist Niemandem Rechenschaft schuldig — Du hast
Deine Gesetze hier .. in Dir. Das fühl ich jetzt. —
Wenn Du willst .. verzeih' mir und . . . Weiter nichts.

— Leb wohl. (Er geht ohne auf die andern zu achten, mit schnellen Schritten ab.)

Alexander (sich erhebend:) Herr Thieme! Herr Thieme! So warten Sie doch. Ich wollte Ihnen ja noch . . . Da läuft er nun wieder drauf los . . . (Zu Hanna:) Einen Augenblick, ich — (Sieht die beiden an:) Fürchte übrigens nicht, durch meine Abwesenheit zu stören. (Ab.)

Bernhard: Hans! (Er zieht sie an sich.)

Hanna, (an seiner Brust, leise:) Bernhard . . ich sagte Dir doch . . vorhin . . daß ich Dir etwas . . zu sagen hätte . .

Bernhard (zärtlich:) Daß wir frohe Menschen werden wollten . . ja, Hans . . das sagtest Du . . und ich, ich weiß nur einen Weg dazu, nur einen Weg. Hanna — werde mein Weib!

Hanna, (lächelnd, leise:) Bin ich das nicht?

Bernhard, (leidenschaftlich:) Hanna — zeige mir, daß Du mich liebst — einfach — warm und natürlich, wie wir sterblichen Menschen es sollen. Opfere mir . . opfere mir nur ein Weniges . . von Deinem Stolze . . von Deiner unausstehlichen Selbstherrlichkeit. Zeige mir, daß ich nicht auch etwa bloß — Dein Lehrer bin. — Sieh: ich — kann es nicht länger ertragen. Ich unterliege unter den kleinen Demütigungen die mir Deine . . unnahbare Ueberlegenheit diese . . diese schreckliche Unabhängigkeit bereitet. Und daß ich so wenig Teil an Dir habe . . . Ich bin nun einmal so. Du mußt mich doch auch — nehmen wie ich bin . . . Nur ein Weni=

ges opfere mir. Werde meine Frau! Verkauf diesen Trödel! Verlaß mit mir Berlin!

Hanna (mit fröhlich erstauntem Lächeln:) Aber Bernhard . . .

Bernhard, (eindringlich:) Wenn Du die Herrin von Westernach sein wirst . . Hanna! Du glaubst es doch wohl selber nicht, daß Du je das Geringste von Deiner geliebten Souveränetät verlieren könntest! Nur schöner wird sie Dir stehn . . vornehmer vor aller Welt! Und dann, Hanna: sieh — Du hast eben noch zuge= geben, daß Du allzu eigensinnig auf Deine jetzige Selbständigkeit pochst, weil Du immer in Furcht bist, es könne in mir der Gedanke aufkommen, Du wolltest geheiratet werden . . . Nun sieh —: Du hast es ja in der Hand —: heirate mich — und Du bist die Furcht für ewig los.

Hanna, (fröhlich lachend:) O Bernhard — was ist das für eine Logik!

Bernhard: Zum Teufel mit der Logik! Es handelt sich um unser Glück! Was gilt Dir mehr: Deine Prinzipientreue, oder . . oder Du und ich.

Hanna: Du und ich und . . .

Bernhard, (fast erschrocken:) Was?! Hanna — Du . . Du willst also? Ja?

Hanna: Ja. Ich will. Ich will.

Bernhard, (stürmisch:) O Du, Du . . . Das war wohl . . . Wolltest Du mir das sagen? Das? Ja?

Hanna: Nein . . das nicht. Aber . . .

Bernhard: Nun?

Hanna, (leise:) Ach, Bern: ich für mich allein .. ich hätte nie daran gedacht .. aber . . . (Ihre Stimme ist leiser geworden, sie verbirgt sich an seiner Brust.)

Bernhard (macht einen Augenblick ein sehr dummes Gesicht:) Für Dich allein . . ?

Hanna, (vorwurfsvoll, daß er sie nicht versteht:) Bernhard!

Bernhard (begreift:) Ah . . (Außer sich vor Glück:) Hans! Hans! Jetzt bist Du erst mein Weib .. wie? (Setzt sich und zieht sie auf seinen Schoß. Jubelnd:) Jetzt bist Du mein Weib!

Alexander (kommt außer Atem wieder:) Gott sei Dank — hab ihn noch gekriegt! (Bemerkt die beiden:) Na nu?

Bernhard, (jubelnd:) Doktor! Sie sagt ja! Sie sagt ja! — Wer hat nun recht?

Hanna (verbirgt den Kopf an Bernhard's Brust.)

Alexander: Ich. — Sie hat eben Humor.

Ende.

Inzwischen hat, während der Drucklegung dieses Buches, der III. Senat des Königlichen Ober-Verwaltungs-Gerichts zu Berlin das Eingangs erwähnte Aufführungsverbot des Polizeipräsidenten in der Sitzung vom 1. December 1892 aufgehoben.

Die Comödie darf danach auf allen Bühnen der Preußischen Monarchie gespielt werden.

Das Recht der Aufführung ist von der Theater-Agentur A. Entsch in Berlin zu erwerben.

O. E. H.